小学館文庫

死神の初恋

犠牲《いけにえ》の花嫁は愛を招く

朝比奈希夜

小学館

目次

白無垢《しろむく》の覚悟

明治四十年。赤紅色の椿《つばき》が庭に咲き始めた寒さがこたえるある日。帝都・東京の山手にある小石川《こいしかわ》の立派な土蔵造りの屋敷で、齢《よわい》十七になる正岡《まさおか》千鶴《ちづる》は背筋をしゃんと伸ばして微動だにせず、ただ前だけを向いていた。

今日は千鶴の輿入《こしい》れなのだ。

長いまつ毛の奥の瞳は黒目がちで、ぷっくりと膨らんだ下唇からは、十七の娘とは思えぬほどの色香が漂う。しかしその表情からは感情は見て取れず、まるで人形のよう。かすかに胸郭が動くため、生きているとわかるくらいだ。

紅花から抽出した真っ赤な紅を千鶴の唇に乗せた使用人が、「きれいね」と思わずつぶやく。

「ありがとうございます」

今日、千鶴が言葉を発したのは、これが初めて。しかし、抑揚のない単調な声は、使用人たちの顔をゆがませた。

「千鶴。これ」

「はい」

別の使用人ふたりが上質な正絹《しょうけん》であつらえられた光沢のある白打掛を持ってきた。錦織で作られたそれには、吉祥文様が浮かび上がっている。そのうちのひとつ二羽の鶴は、夫婦の絆《きずな》を示すと同時に長寿の象徴でもあるのがなんとも皮肉だと千鶴は思った。

「ねぇ、本当に――」

「とみ」

悲痛の面持ちで口を開きかけた、千鶴よりふたつ年上の使用人のとみを止めたのは、彼女たちをまとめてきた、しげだ。彼女は眉間に深いしわを刻んで、あきらめたように二度首を横に振る。

ハレの日だというのに、一様に皆が沈んだ様子なのにはわけがあるのだ。

「とみさん、ありがとうございます。ひとりでは着られませんので手伝っていただけますか？」

太陽が西に傾いてきた。もうさほど猶予がない。

気丈に語る千鶴を前に、とみは唇を噛《か》みしめてからうなずいた。

千鶴が袖を通すのは、婚礼衣装の中で最も格式の高い白無垢だ。白無垢には嫁ぎ先の色に染まるという意味が表されているが、それは〝一度家を出たら、もう二度と戻らぬ〟という決意が込められているとも聞く。

白打掛を羽織った千鶴は凛《りん》としたたたずまいで、育ちのよさがにじみ出ている。昨日まで髪を振り乱して廊下を雑巾がけしていた使用人だとは、誰も思わないだろう。

千鶴はもと子爵家の令嬢で所作を厳しくしつけられて育ち、つい二年と少し前まで海老茶袴《えびちゃばかま》姿で高等女学校に通っていたのだから、立ち居振る舞いに品格が漂うのは当然なのだけど。

最後に綿帽子を被り輿入れの準備が整うと、千鶴が仕えてきた三条《さんじょう》家の当主・貞明《さだあき》とその妻・不二《ふじ》が顔を出した。

「まあまあ千鶴。あなたは本当に美しいわね」

気の強そうな上がり眉を少し下げた不二は、千鶴を褒めたたえる。

「旦那さま、奥さま。本日は私のためにこれほど立派な婚礼衣装を整えてくださり、ありがとうございました」

正座し、慇懃《いんぎん》にお礼を述べる千鶴を見て、しげがたまらず眉をひそめる。しかし使用人に発言権などなかった。

「千鶴。本当に――」

口の端を上げる不二とは違い深刻な表情の貞明が口を開くと、「あなた」と不二が制止する。

「寂しいですが、嫁入りを止めるものではありませんよ。千鶴は皆に祝福されて嫁ぐのですから」

「旦那さま、本当にお世話になりました」

千鶴はもう一度深々と頭を下げる。

「千鶴……」

貞明のこの悲痛な面持ちを忘れないでおこうと、千鶴は思った。

西の空を朱色に染めていた太陽が山の稜線《りょうせん》に吸い込まれていき、辺りが薄暗くなってくる。

「車夫の準備はできたの？　早くなさい！」

「はい、ただいま」

不二がいつもの調子で怒鳴り散らす。少し気が短いのだ。

とはいえ使用人も慣れているので適当にあしらい、黙々と婚礼の準備を進めている。

男爵、三条家の財力を示すかのごとく縦格子の武者窓がある立派な長屋門の前に、千鶴のための人力車が横付けされ、いよいよそのときが迫ってきた。

「千鶴。これ」

着替えを手伝っていたしげが、千鶴の帯に懐剣をさす。

「いざとなったら使うのよ」

「しげさん、ありがとうございます」

それまで気丈に振る舞っていた千鶴だったが、さすがにしげの言葉が胸に刺さり声が震えた。

「千鶴。そろそろみたいよ」

千鶴を呼びに来たのは三条家長女のひさだ。ふたつ年下の彼女は高等女学校に通っていて、歳《とし》が近いのもあってかいつも比較の対象とされてきた。

いつも彼女の髪をマガレイトに結っているのは千鶴。三条家にはもうひとり下に娘がいて、ふたりの髪結いは千鶴の仕事と決められていた。千鶴は器用でそうしたことがうまいのもあったが、不二が子爵令嬢だった千鶴にあえてふたりの世話をさせていたのだ。というのも、身分の違いをわからせるため。四六時中用事を言いつけられる千鶴の髪はふたりとは違っていつも乱れており、華族であった面影などどこにも残っていなかった。

使用人たちとは対照的にひさは今朝からずっとご機嫌で、鼻歌まで歌っている。千鶴の婚礼がうれしくてたまらないのだ。

「わかりました。まいります」

千鶴はハキハキと答え、ひさを見た。

「な、なに？」

「どうかお幸せに」

ひさの表情が引きつるのは、やましい思いがあるからだ。しかし今さらそれを追及したところで事態が変わるわけでもないと、千鶴はあきらめていた。

「千鶴」

九人の使用人仲間が、千鶴の周囲に集まり複雑な顔をする。

「今日は私の嫁入りなのですよ。どうか笑顔で見送ってください」

「そうだね」

しげがうなずくと、千鶴の前にいた者は横によけ、花道ができた。

少し内股気味でするようにして歩く千鶴のたおやかな仕草は、華族令嬢そのもの。ひさよりもずっと気品あふれている。

長屋門を出るとき、庭師が火打ち石で切り火をした。本来、厄や邪気を払うための行為だが、今日の千鶴にどれほど役に立つかは誰にもわからなかった。

仲間たちが提灯《ちょうちん》で足元を照らす中をゆったりと進む千鶴は、人力車の前でもう一度貞明に一礼する。

「旦那さま、両親のこと……」

「あぁ、わかっているよ。仕送りは続けるし、千鶴は元気だと伝える」

「よろしくお願いします」

これで心配ごとがなくなった千鶴は車夫にも会釈して、差し出された手を握り人力車に乗り込んだ。

「千鶴、待って」

屋敷の庭からパタパタと足音を立てて駆けてきたのは、次女のみつだ。彼女の手には美しく花開いた椿が一輪握られている。

「今日の千鶴はとってもきれいよ。でも、これを髪につけたらもっときれいだと思うの」

みつは庭に咲く椿の花がお気に入りで、なにかにつけて贈りたがるのだ。

「みつさん、ありがとうございます。でも、先ほどもいただきましたよ」

今朝、みつにもらった椿は部屋に飾っておいた。

「いいの。千鶴にあげたいの」

みつは千鶴が出ていってしまうのがさみしいのか、うっすらと涙を浮かべている。

「そうですか。それでは」

背伸びをして椿の花を差し出してくるみつからそれを受け取り、綿帽子の下の髪に挿す。

「千鶴。また遊びに来てね」

「……はい」

千鶴はみつの無邪気な言葉に声を詰まらせたものの、なんとか笑顔を作る。

「みつさん、お元気で」

「うん。千鶴もね」

ふたりのやり取りを見ていたとみが、背中を向けて手拭いで顔を覆った。

「そろそろまいりましょうか」

車夫が声をかけると、何人もの使用人の口から千鶴の名を呼ぶ声が漏れる。一様に震えているそれが胸に響き、千鶴は目頭が熱くなるのを感じた。

「お世話になりました。皆さま、どうかお元気で」

最後の挨拶が済むと人力車は進みだし、すすり泣く声が響き始めた屋敷から離れていく。初めはゆっくり、しかし徐々に速度を上げる人力車は、静寂が漂う闇の中をひたすら前に進む。花嫁が笑顔もなく揺られる様子は、とても嫁入りには見えないだろう。

人力車を引く車夫、そして提灯を持って走るもうひとりの従者は終始無言で、今にも雪が降りだしそうなほど冷えた空気を切り裂くように、山に向かって先を急ぐ。そして、昼間ですら人気《ひとけ》がないさびれた神社の鳥居が見えてくると、車夫は足を進める速度を落とした。

「もうここで」

「でも……」

気を使って声をかけると人力車は停車した。振り返った車夫は、申し訳なさそうにしている。

「私はひとりで大丈夫です。このようなところまで連れてきてくださって、ありがとうございました」

千鶴は笑顔を作ってお礼を述べたが、その表情のわずかな違いは、提灯の頼りない灯《あか》りだけでは車夫や従者にはわからなかった。

従者は人力車を降りようとする千鶴に手を貸した。

「もう、行ってください」

車夫がごくりと唾を飲み込んだのに気づいた千鶴は、ふたりを促す。

「か、勘弁を！」

車夫は震える声で許しを乞い、従者とともに走り去った。

ふたりが悪いわけじゃないのに。

千鶴は見えなくなっていく提灯の灯りを目で追いながら、小さな溜息《ためいき》をついた。そして、鳥居に向かってゆるりと進みだす。

婚礼だというのに、花嫁ひとり。雲の間からわずかに差し込む月明かりを頼りに砂利道を進む。周囲が静かすぎるせいか、ジャリッジャリッという音が不気味に響いた。

とうとう空からは雪がはらはらと舞い降り始め、手を伸ばした千鶴の掌《てのひら》に落ちては体温に溶かされて消えていく。

「はかないものね。……私も」

天を仰ぎ、ぼそりとつぶやいても、誰も聞いてはいない。

大きく息を吸い込むと肺に入ってくる空気が冷たくて、これが現実だと思い知った。

やがて鳥居の前に立った千鶴は、静寂の漂う境内をじっと見つめる。そして一礼。

「さようなら」

誰にというわけでなく別離の言葉を口にしたあと、意を決して鳥居をくぐった。

風に揺れる木々がざわざわと音を立てる境内は、背筋が凍りつきそうなほど薄気味悪く、緊張で呼吸が浅くなる。

「あっ……」

足もとがよく見えなかったせいでなにかにつまずき、体勢を崩して近くの木を握った。

「梅が咲いているのね」

先ほどから鼻孔をくすぐっていたかすかに甘い香りの正体がわかり、小声でつぶやく。

「私を見送ってくれる？」

婚礼だというのに誰ひとりとして見送りがいないため、梅に自分の姿を見届けてもらおうと思ったのだ。

ふと顔を横に向けると、悠久のときの流れを感じる古びたお社を見つけた。

その頃には雪の量が増していて、千鶴の手はもうすでに冷え切っていた。

社の前で深く腰を折り、すーっと息を吸い込んでから口を開く。

「三条家から参りました、正岡千鶴と申します。今宵《こよい》、死神さまの妻にしていただきたくお願いにあがりました。どうか私をお娶《めと》りください」

婚姻のお相手は、死神なのだ。

呼びかけても、しんしんと雪が降り続いているだけで死神は姿を現さない。けれどもそれでは困るため、もう一度口を開いた。

「死神さま。私では不服でしょうが、どうか――」

懇願して頭を上げると、先ほどはいなかった背の高い男があきれ顔で立っている。

舛花色《ますはないろ》の着物に黒の羽織を纏《まと》ったその男は、切れ長の目に凛々《りり》しい一字眉が印象的。

薄い唇の右下には小さな黒子《ほくろ》。そして、胸の辺りまである長い黒髪は、三条家姉妹のそれよりずっと艶があり美しい。

「はっ……」

死神さま？

自分から娶ってほしいと言いだしたくせに、千鶴の心臓は口から飛び出しそうなほど暴れ始めて、息も吸えない。

かといって逃げようにも、恐怖で体が硬直して動けなかった。

死神と思《おぼ》しき男は、千鶴を凝視したまま微動だにしない。

殺され、る？

妻にしてほしいのは、千鶴の勝手。そもそも相手は死神で、死をも覚悟で会いに来たのだから、なにがあっても文句は言えない。しかし、命を奪われる前に伝えなければならぬことがある。

「死神さま、どうか――」

「誰が妻を欲していると言った。私は人間が嫌いなのだ。妻など娶らぬ。帰れ」

千鶴の発言を遮った死神の声は、低くはあったが澄んでいた。

予想に反してつき離されたものの、必死の形相で何度も首を横に振る。

「帰るわけには参りません。どうか私を娶る代わりに、街の人たちをお助けください」

震える体は自分ではどうにもならない。けれども、役目を果たさなければと声を振り絞った。すると死神は目を大きく見開き、小さな溜息を落とす。

「なるほど。街の……」

納得したような死神は小さく二度うなずき、千鶴のまっすぐな視線に視線を絡めた。

その空気をも切ってしまいそうな鋭き眼差《まなざ》しに気圧《けお》されてあとずさりそうになったが、なんとか耐える。

「なぜ花嫁にそなたが選ばれた？」

「そ、それは……」

自分はいらぬ存在だからとは言えない。いらぬものを与えられる死神にも失礼だ。怒らせてはまずいと、千鶴は手に汗握った。

「邪魔者であったのか」

図星を指されて、表情が引きつる。

「ち、違います」

「なるほど。それでそなたは、死神に嫁ぐということがどういう意味なのかを心得ているのか？」

すべてを見透かしているような死神に強い口調でとがめられ、「はい」とカタカタと歯の音を立てながら返す千鶴の顔は青ざめていく。

いっそ死んでしまいたい。

そう考えるほど苦しく緊迫した時間が流れる。

「そのように震えていては無理だ。今なら帰してやる。すぐに出ていけ」

「帰りません。震えているのはこの雪のせいです。それに……私にはもう帰る場所がないのです」

腹をくくった千鶴は、すがるように哀願した。もう選択肢がひとつしかないのだ。

死神に娶ってもらい怒りを鎮めてもらうことこそ自分の使命。万が一、それができずに三条の家に戻れば、街の人たちを見殺しにしたと責められる生き地獄が待っている。もしかしたら、ここで命を落とすよりつらい地獄が。

取り乱す千鶴とは対照的にひどく冷静な死神は、眉をひそめて口を開く。

「帰るところがないだと？」

「はい。どうか私を妻に……」

腰を折った千鶴の目から、こらえきれなくなった涙がこぼれ落ちたのに気づいた死神は、形の整った唇を噛みしめる。

「もう一度聞く。私に嫁ぐことの意味は理解しているな」

「はい」

千鶴が顔を上げてきっぱりと言いきると、死神はふぅ、と短く息を吐く。

「ならば、ついてまいれ」

「あ、ありがとうございます」

お礼を口にした千鶴だったが、呼吸が苦しいほど緊張していた。

社の裏手へと進む死神のうしろをついていくものの、白無垢を纏っているため彼の速度に追いつけない。離されてはまずいと思ったそのとき、死神が足を止めて振り向いた。

「急がずともよい」

「は、はい」

思いがけず優しい言葉をかけられ、目を瞠《みは》る。

ようやく追いつき横に並ぶと、不意に手を握られて腰が抜けそうなほど驚いた。しかし、その手が冷たい風にさらされて冷えた自分の手よりずっと温かくて、千鶴はなぜかホッとした気持ちになる。

手を握った死神は「行くぞ」ともう一度声をかけてから数歩進んだ。すると、ふっと周囲の空気が変化したような不思議な感覚があり、辺りを見回す。そして、真っ暗な空間のその先にほんのり明かりが灯《とも》っているのを見つけた。

手を離して進む死神の五歩ほどうしろを再びついていくと、大きな屋敷が見えてきた。三条家より立派なその家屋は、格式高き武家屋敷のよう。

さらに近づいていくと、玄関先に、体軀《たいく》のしっかりしたひとりの男性が立っている。髪は死神のように長くはなくこざっぱりとしていて、顔は整っているがどこか武骨な印象だ。彼は藍鉄色の着物を纏い、前下がり気味に帯を締めている。

男は死神に向かって軽く会釈をしたあと口を開く。

「おかえりなさいませ」

「あぁ。千鶴と言うそうだ」

自分に興味などないと思っていた死神が名前を覚えていたのに驚いた千鶴は、しばし呆然《ぼうぜん》と立ち尽くして彼の背中を見つめる。

「千鶴さまですね。私は浅彦《あさひこ》と申します」

浅彦に自己紹介をされてようやく我に返り、「正岡千鶴です」と首を垂れた。

「彼女を奥座敷へ」

「承知しました」

どうやら浅彦は、死神の従者のようだ。

浅彦に千鶴を託した死神は、すたすたと家屋の中に入っていった。

没落華族令嬢の運命

「今日も冷えるわ」

二月に入り、ぐんと寒さがこたえるようになってきた。久しぶりに訪れた銀座は人通りが激しく、路面電車がせわしなく走っている。

千鶴は電車通りから一本入った路地裏にある呉服店を訪ねた。

「こんにちは。三条家の着物はできておりますでしょうか？」

この呉服店は華族御用達《ごようたし》で、特にかつては公卿《くぎょう》や大名であった〝旧華族〟たちがこぞって買い求めるという、品質の高い店だ。

正岡家も江戸時代の大名家で子爵位を賜り、麹町《こうじまち》に大きな邸宅を構えていた。父は貴族院議員を務め、母といずれは子爵を継ぐはずだった弟の清吉《せいきち》、そして使用人たちと平穏な生活を送っていた。

母や千鶴の着物の仕立てはこの店にお願いするのが常で、よく父を引っ張って連れてきて着物をねだったものだ。

幼い頃から慣れ親しんだこの界隈《かいわい》は千鶴にとって庭のような場所。銀座や新橋が気に入っているのは、日本橋などの老舗商店が店員にお願いして商品を出してもらう座売りなのに対して、あらかじめ並べられている商品を勝手に見て回れる陳列式が増えてきたから。買わずとも並べられた舶来品を見てワクワクするのが楽しかったのだ。

しかしそんな生活が一変したのは二年と少し前、千鶴が高等女学校三年のイチョウ並木が美しく色づいた秋のことだった——。


女学校の友人と次の休日に銀座に行く約束をしていた千鶴は、突然先生に呼び出されて衝撃の宣告を受けた。

「正岡さん、残念だけどもう明日からはここに通えなくなりました。本日、すべての私物を持ち帰ってください」

唐突に冷たく突き放された千鶴は、しばし呆然とする。

「どうしてですか？」

特に成績が悪かったわけでも、問題を起こしたわけでもないため、わけがわからず食い下がる。

「あなたのお父上に収賄容疑がかかっています。貴族院議員の立場を利用して、とある商社が独占的に商品を輸入できるよう便宜を図ったとか。その際、賄賂を受け取ったのが発覚して、貴族院を追われることとなったようです」

「そんな……」

昨晩、父の秘書が訪ねてきて、両親と難しい顔をして話し込んでいたのは知っている。しかし、話の内容までは知らなかったし、父が貴族院を追われるほどの罪を犯したなんて信じたくなかった。

「なにかの間違いです。私、家に帰って確かめてきます」

千鶴はその足で女学校を飛び出し、袴の裾を少し持ち上げて自宅まで十五分ほどの距離を走りに走った。

「お母さま!」

玄関に飛び込むのと同時に声を張り上げると、真っ青な顔をした使用人が飛んでくる。

「千鶴さま。大変なことに」

唇を震わせる彼女を見て、先生の話が事実だったと確信した千鶴は、崩れるように玄関に座り込む。

「……お父さまは?」

「収賄罪で警察に」

顔をゆがませ声を振り絞る使用人は、千鶴を立ち上がらせながら涙をこぼす。

「収賄って、本当なの?」

「旦那さまは無実を主張なさっています。ですが、秘書が……」

「秘書って、あの？」

昨日顔を出した、母が嫌っていた秘書のことだ。時々訪ねてきたが、父の前以外では態度が大柄で千鶴も好きではなかった。

その秘書が収賄を働き、父が罪を被《かぶ》せられたのだと千鶴は感じた。なぜなら、父は誰もが口をそろえて真面目だと言うほどの人だからだ。

「はい。旦那さまが罪を犯すとはどうしても思えません。きっとあの秘書が……。ですが、秘書の責任は議員の責任になります。刑事罰は免れたとしても、議員辞職は必至でしょう」

その話を聞き、顔がゆがんだ。父が貴族院議員としての誇りを持っていたのを知っていたため、胸が痛くてたまらない。

「お母さまは？」

激しい衝撃で頭が真っ白になったが、母が心配だ。

「お倒れになって、床についていらっしゃいます」

「どうして……」

こんなことになったのだろう。

千鶴は唇を嚙みしめて、母の臥《ふ》せる奥座敷へと向かった。

議員を辞職した父は爵位も返上となり、正岡家はすべてを失った。麴町の大きな邸宅は売りに出され、使用人も全員解雇。東京を出て母の実家がある埼玉へ移住することになった。しかし、今まで通りの生活はとても維持できず、清吉を学校に通わせてやりたい千鶴は、三条家の使用人として働くことにしたのだった——。

あれから二年と少し。千鶴が呉服店で手にしたのは、自分のものではなく三条家の長女、ひさのために仕立てられた艶《あで》やかな着物だった。

三条家は維新後、功労ありとされ華族となった〝新華族〟で、男爵の爵位を持つ。現在は綿糸製造業で成功し財を成している。

日清戦争中、綿糸輸出税が撤廃されてから日本の紡績業は飛躍的に伸びており、三条家が管理する『三条紡績』の工場も年々その規模を増している。

この業界では、新しい紡績機を積極的に取り入れている『津田《つだ》紡績』の成長が特に顕著で、同業他社が追随している状態だ。三条紡績もそのうちのひとつで、アメリカで発明されたリング精紡機を使うようになってからの発展が著しい。

日本の綿糸は諸外国のそれと比べると品質がよく、今や輸出量は莫大《ばくだい》で、政府からも一目置かれている産業だ。

工場は三条家が邸宅を構える小石川にあり、周辺地域の人々はほとんどそこに勤めて生計を立てている。そのせいか三条家は崇《あが》め奉られていて、地域をまとめる存在でもあった。

真新しい着物を手にした千鶴は、子爵令嬢として過ごしてきた頃とは比べものにならないほどみすぼらしい恰好《かっこう》をしている。裾が擦り切れた鼠《ねずみ》色の着物は、この寒空の下では少々心もとなく、先ほどから震えが止まらない。しかし、使用人としての給金はほとんど弟のために仕送りしていて、羽織を買えるほどの金を持っていないのが現実だった。

ひさのために新調された着物は本紫色の生地に褄《つま》模様が施されていて、実に華やか。目鼻立ちのくっきりしたひさに映えるだろう。

つい数年前まで贅沢《ぜいたく》な暮らしをしていた千鶴は、ひさをどこかでうらやましいと思いながらも、決してそれを口にしなかった。

他人に嫉妬して嘲罵を浴びせるなどもってのほか。〝心を清く保ち、人々の役に立ち、その手本となるべし。それが華族の矜持《きょうじ》というものだ〟と何度も言い聞かせられて育ったからだ。

今や没落華族令嬢と揶揄《やゆ》される千鶴だったが、その気持ちだけは忘れまいと胸に誓っていた。

ただ、三条家での千鶴の扱いはかなり雑だ。掃除をしたばかりなのにやり直しを命じられるのはしばしばで、それを指示するのは不二のこともあれば、ひさのこともある。真夏の暑い日はひたすら庭の草むしりを強いられ、冬の寒い日は井戸の冷たい水での洗濯を何度も申しつけられた。

不二とひさが千鶴を毛嫌いしているのは、他の使用人も薄々勘づいている。代々続く由緒正しき家柄ばかりで自尊心の高い旧華族は、新しく認められた新華族をよしとしない。同じ〝華族〟というくくりではあるが、明らかに下に見ていた。それを悔しく感じていた三条家は、旧華族の正岡家が転落していったのがうれしくてたまらないらしく、自分たちより上の立場であった元子爵令嬢の千鶴をさげすむことで、今の上下関係をはっきりさせて楽しんでいるのだ。

そのひとつが、ひさとみつの髪結いを千鶴に命じたことだった。〝あなたはもうこうやって着飾れないのよ〟という意味が込められた行為だと気づいていたが、たとえ父の犯した罪でなくとも没落したのは事実。千鶴は甘んじて受け止め、毎朝黙って淡々と髪結いを続けていた。

三条家の当主、貞明は、どれほどみすぼらしい着物を着ていても透き通るような白い肌を持ち、たおやかな笑みをたたえる千鶴が気に入っていて、なにかにつけて用を言いつける。そばに置きたくてたまらないという様子は少々あからさまで、千鶴も戸惑うほどだったが、使用人の立場ではやめてほしいと懇願できない。

そのため妻である不二と、歳が近いからか貞明になにかと比べられて小言を食らうひさは、千鶴が気に入らないのだ。

そんな千鶴の唯一の息抜きは、こうしてお使いに出ること。小石川から電車に揺られて懐かしい銀座の街を訪ねると、高鳴る胸を抑えられない。

着物を無事に受け取ったあと、よく足を延ばしていた場所を少し見て回ることにした。

「あぁ、活気があるって素晴らしい」

三条家でひたすら掃除や洗濯、食事の準備に追われてばかりの生活では、普段きらびやかな世界とは関わることはない。こうして銀座にでも出てこなければ、単調な毎日でなんの刺激もないのだ。

四丁目の角にある時計店の時計塔は、品質が高くて有名なスイスのコロン商会製。毎時〇分に時刻の数だけ、そして三十分には一打自鳴する。千鶴はこの時計塔が好きで、幼い頃は父に抱かれてじっと見ていたものだ。

目の前は電車通り。ほんの数年前までは馬車鉄道が走っていたのだが、今や電線が整備され路面電車が人々の足となっている。

まるで銀座を訪れたのが初めてのように目を輝かせる千鶴は、しばし高揚した気持ちで歩き回っていた。

「あっ、しまった」

時計塔の鐘が鳴り響き、午後三時を回ったところで慌てて電車に飛び乗り小石川に急ぐ。

少しゆっくりしすぎたかもしれない。とはいえ、三条の家にいると早朝から夜遅くまでなにかしら用事を言いつけられて休む暇もないのだから、これくらいは許してほしい。

三条家の近くの駅で下車すると、葬列に出くわした。葬儀が終わり火葬場に移動しているところだろう。

葬儀は夜間にひっそりと行うべしという主張もあるようだが、最近はこうして昼間に行う事例も多い。ただし火葬は夜間に実行されて翌朝親族が骨を拾うのが普通だ。

千鶴は名も知らぬ人の棺《ひつぎ》に向かって深く一礼してから、再び三条家を目指した。ところがその後も同じように葬列に二度遭遇して、小さく溜息をつく。

「恐ろしいわ」

この冬は、小石川周辺に原因不明の疾病が流行していて、バタバタと人が亡くなっていく。先日は、診療所の医者が罹患《りかん》してしまい、命に別状はなかったものの、しばらくまともな診察を受けられなかった。その間に亡くなった者も多い。

逝くのは高齢者が多いものの、中には子供もいる。医者に処方された薬が効かず、高熱にうなされたまま旅立つという。

幸い三条家にはこの病をもらったものはおらず皆元気だけれど、工場ではすでに患者が出ているようで、いつ感染してもおかしくない状況だ。とはいえ、諸外国からの注文がさばけなくなるため工場の稼働を止められず、流行風邪《はやりかぜ》で減った工員の数を補うために、盛んに募集をかけている。

葬列を見送った千鶴は、足早に三条家に駆け込んだ。

「遅い！　どこで油売ってたの!?」

部屋に着物を持っていくと、ひさが憤慨して千鶴をなじる。

「申し訳ありません」

千鶴は着物を置き、正座をして丁寧に頭を下げた。ひさは帰りが早かろうが遅かろうが文句をつけたいだけだと知っているからだ。

三条家に来てから心を凍らせる術《すべ》を覚えた。それもここで生きていくため。

「ひさ、大きな声を出してはならん。玄関まで聞こえるぞ」

そこに現れたのは貞明だ。助け船を出したつもりなのだろうけど、千鶴は顔をしかめた。

「申し訳ございません、お父さま」

急にしおらしくなったひさだったが、そのあと千鶴を射た目は鋭い。

「新しい着物か。いい色だ。千鶴にも似合いそうだな」

「いえっ。とんでもないことでございます。夕食の用意がありますので失礼いたします」

千鶴は慌てて部屋を出た。彼女を気に入っている貞明は、単純に感じたことを述べたのだろう。けれども、その余計なひと言で千鶴の仕事が倍増するのには気づいていないようだ。

その足で台所に走ると、すでに他の使用人仲間が夕飯の支度を始めていた。

「ただいま戻りました」

かまどに火がついているのに気づいた千鶴は、近づいて手を温め始める。

「おかえり。寒かったかい？」

「はい。今日は風が強くて。でも、久しぶりの銀座だったので楽しかったです」

しげの質問に正直に答える。使用人たちは皆、不二やひさの千鶴への仕打ちに顔をしかめていて、できる限り外に出してくれるのだ。今日の銀座行きも、とみが命じられたのだが、千鶴と交代した。

居心地の悪い三条家の中で、仲間とのひとときだけが千鶴の心の支えだった。

「銀座はいいねえ。私は死ぬまでに一度でいいからあんぱんを食べてみたいんだよ」

「あんぱんでしたら何度でも食べられますよ。さっき牛鍋屋の前を通ったら、甘辛いにおいが漂ってきてしばらく動けませんでした」

目を閉じてにおいをかぐ仕草をする元華族らしからぬ千鶴を、皆がクスッと笑う。

こうして打ち解けたのは、千鶴の真面目さゆえ。元子爵令嬢だということを鼻にかけようともせず、同じように髪を振り乱して雑巾がけをし、古びた着物しか着られなくても文句ひとつこぼさない千鶴に感心しているのだ。

「そういえば、帰りに葬列に出くわして……。それも三つ」

千鶴が伝えると、しげは難しい顔をした。

「やっぱり流行風邪なのかねぇ。診療所のお医者さまは復帰なさったんだろう？」

「そうみたいですね。でも診療所に入りきれないほど患者があふれていて、今度は過労で倒れるんじゃないかと心配されているようで」

とみが口を挟むと、しげはうなずいた。

「私たちも他人事《ひとごと》ではないわね。気をつけないと」

「はい」

千鶴は深くうなずき、食事の準備に移った。

翌日。千鶴が庭の掃き掃除をしていると、とみが興奮気味に飛んできた。

「ねぇねぇねぇ！」

「どうしたんですか？」

「驚かないでね。さっき八百屋で聞いたんだけどね」

とみは前置きをしてから話し始める。

「魚屋のじいさん、知ってるでしょ？」

「もちろん。買いに行くとよくおまけをつけてくれるんですもの」

白髪交じりで腰は曲がっているが、後を継いで店を切り盛りしている息子よりずっと元気な人だ。

「そう。今朝、亡くなったんだって」

「え……」

千鶴は言葉をなくした。元気な姿しか思い浮かばないからだ。

「どうも流行風邪をもらって家で療養してたんだって。回復しつつあったのにあっけなく」

病は恐ろしい。千鶴は震え上がった。

「残念ね」

「それで、今朝亡くなる直前に『死神が枕もとに立ったから黄泉《よみ》に行く。あとは頼んだ』と言い残したって」

「死神!?」

思わず大きな声を出してしまった千鶴は、自分の口を慌てて押さえた。揚げ足を取るのが大好きなひさに見つかったら、仕事をさぼっていると絞られる。

「びっくりよね。でも、そういう話を聞くの、実は初めてじゃないの」

千鶴は初耳だったので腰が抜けそうになったが、落ち着いた様子のとみは続ける。

「常子《つねこ》さんのお母さまが亡くなってるのは知ってる？」

「なんとなくは聞きました」

常子はしげに次いで三条家に長く仕えている仲間だ。彼女の母が五年ほど前に亡くなったというのは耳にしている。

「亡くなる前に、『死神に会った』とはっきりおっしゃったんだって」

「嘘《うそ》……」

「それで、『もう私は逝くから、兄弟仲良くね』というのが最期の言葉だったらしいの。その後は話せなくなってお医者さまに往診を頼んだけど、到着したときにはもう」

とみは残念そうに肩を落とし、千鶴は目を見開いた。

「死神って……」

「どうも他にも死神の話をする人がいるみたいで、街ではちょっとした騒動になってるよ。ただ、亡くなる直前の話だから、『会った』とか『枕もとに立った』くらいで

「くわしくはわからないって」

とみは滑らかに話し終えると、腕を組んだ。とみの言葉に千鶴は眉根を寄せて口を開く。

「死神なんて本当にいるのかしら」

「怖いよね。死神に会ったら、死んじゃうってことでしょう?」

もしそれが本当だったら、自分の死期に気づいて絶望しながら死んでいくということだ。黄泉がどのような場所なのかは知らないけれど、この体がなくなり、意思も感情も失うのだろう。とても怖い。

いや、最期を悟って大切な人に別れを告げられるから、あながち悪くもない?

千鶴は混乱していた。おそらく、そのときになってみなければ、どちらの感情が正しいのか、はたまたふたつとも間違っているのかわからないだろう。

「千鶴」

そのとき千鶴を呼ぶかわいらしい声が聞こえてきた。ひさの妹のみつだ。ひさとみつの間には爵位を継ぐだろう男子がいて、みつはその下。八歳の彼女は尋常小学校に通っている。

「みつさん、どうされたんです?」

とみと別れて、鈴を張ったような目で見つめてくるみつに歩み寄ると、彼女は甘えるように千鶴に抱きついた。いつも遊んでくれる千鶴になついているのだ。

「お母さまに、箸の持ち方が悪いと叱られたの」

「そうでしたか」

見るとみつの手がほんのり赤くなっている。叩《たた》かれたのかもしれない。

泣きべそをかいているみつの手をやさしく撫《な》で、笑顔を作る。

「私と箸の練習をしましょうか」

「いいの？」

「もちろんですよ。こちらへ」

千鶴はみつを伴い、台所に行く。そして箸を二膳用意して、自分とみつと一膳ずつ持った。

「私がお手本をしてみますから、真似《まね》をしてください」

「うん！」

ようやく元気を取り戻したみつは、懸命に千鶴の手を観察している。

「こう持って、このように動かします。下になる箸は動かさないのですよ」

丁寧に教えるとみつはすぐに習得した。大きな声で叱る不二の前では畏縮して、うまくできないのだ。

「お上手です」

「ありがとう！」

満面の笑みを浮かべるみつは、もう一度千鶴に抱きついた。

「ねぇ千鶴。千鶴はなんでもできるのに、どうして没落華族と悪く言われるのですか？」

真剣に問われた千鶴はしばし考え込んだ。

「そうですね……。人間というものは優劣や上下をつけたがるものなんです。そのため爵位を返上した正岡家を面白がる人がいるのですよ」

「でも、千鶴は優しいわ。お姉さまのご学友よりずっと」

みつからのうれしい言葉に、千鶴の頬は自然と緩む。

「ありがとうございます。私が華族として生を受けたのはたまたまですから、それを褒めてもらいたいとは思いませんが……両親には華族たるもの人々のお手本となるべきで、そのための努力は惜しまぬようにと何度も言い聞かされてきました」

その父が贈賄に関与するわけがない。あれは秘書にいいように使われたのだ。と千鶴は今でも信じている。

「ですから、みつさんも華族としての誇りを大切に、正しき言動だけをして大きくなってくださいね。きっとお優しく、素敵な淑女になられますよ」

穢《けが》れを知らぬきらきらした目を、いつまでも失ってほしくない。

千鶴はみつを実の妹のように愛《いと》おしく感じる。

弟の清吉は元気にしているだろうか。

別れてから一度も会っていない弟の笑顔を思い浮かべ、彼のためにもここで踏ん張らなければと千鶴は気持ちを新たにした。

◇◇◇

三条家に二十名ほどの人々が押しかけてきたのは、それから五日ほどあとのこと。

皆、切羽詰まった様子で、中には涙をうっすらと浮かべる者までいた。

「三条の旦那さま、どうか流行風邪をなんとかしてください」

三条家の門の前で先頭に立って貞明に懇願するのは、三条家が営む工場で工員たちをまとめる立場の四十代後半の男性、秋山《あきやま》だ。

無論、秋山とて、医者でもない貞明にどうにかできるわけがないと承知していた。

しかし、恐ろしいほどの勢いで病気が蔓延《まんえん》し死者が増える一方で、誰もがどうしたらいいのかわからないのだ。

「いや、私もどうにかしたいのはやまやまだ。工場の稼働率も日に日に下がっていくし……」

　貞明も顔をしかめる。

　紡績工場で働く女性工員が次々に病に倒れて、いまや四分の一ほどの休みが出ている。しかし海外からの綿糸の注文は増えていて、生産が追いつかないのだ。新たに工員を確保しようにも、病が流行しているのもあってか、いつものように集まらない。

「診療所は患者であふれていて、診てもらえない者もたくさんいます。往診などできる状態ではなく、床についてそのまま逝く人も……」

　秋山は悔しそうに唇を嚙みしめる。彼も父を一ヵ月ほど前に亡くしたところなのだ。

「それは気の毒だが……。私の力をもってしても病には勝てぬ」

　せいぜい金を積んで他の地域から医者を呼ぶくらいだが、医者自身も感染力の強いこの流行風邪を恐れて、流行している地区の真っただ中にはなかなか来てくれないのが現状だ。

「旦那さま、どうか……。息子が病に臥せって苦しそうにしています。主人も先日亡くなったばかりで……」

　貞明の前に膝をつきすがるのは、工場で働く安子《やすこ》だ。

「それは気の毒だが、私は医者ではないし、どうしたものか」

「お願いです。医者に診せてもよくならず、もう三条の旦那さましか頼れないのです。今朝、息を荒くする息子が死神に会ったと私に……。あの子を逝かせたくありません。

息子をどうかお助けください」

必死の形相で声を振り絞る安子の目から大粒の涙が流れ出し、貞明は困り果てる。

「死神とは……。神主に祓《はら》ってもらうしかあるまい」

三条家のある小石川には有名な神社があり、そこの神主の占いはよく当たると評判だ。貞明は小石川周辺で猛威を振るう流行風邪のお祓いをしてもらい、さらには今後を占ってもらおうと思いついた。

それでどうにかなる保証はないが、医者が食い止められないのだからもう神頼みしか残っていない。

安子の息子の枕もとに死神が立ったのならば急がなければならない。なぜなら死神を見たあと数日以内に逝ってしまったという証言が数多《あまた》あるからだ。死神を見たからもう長くないと悟り、家族に遺言を残す者も少なくない。

にわかには信じられないような話ではあるが、そうした事例が多いのは事実で、安子の息子も近々旅立つ可能性がある。それを阻止できる見込みがわずかでもあるとしたら試すべきだと貞明は考えた。これだけ病が蔓延すれば、明日は我が身なのもある。

「そうしましょう」

秋山も賛成のようで、安子を含め他の者たちも同じくうなずいた。

安子は息子のもとに戻っていったが、貞明と他の者たちは古くから小石川にある千石稲荷神社を訪れ、神主にお祓いと占いを依頼した。たいそうな祈禱料を請求されたが背に腹は替えられず、貞明はもちろん全額すぐに支払った。

大金ではあったが、工場経営がうまくいっている今の三条家ならば痛くもない。それより、このまま工員が減っていき工場を稼働できなくなるほうが恐ろしい。

「それでは」

神を迎えるにあたり身を清める必要があるため、神主により修祓《しゅばつ》の儀が行われる。

神主は、榊《さかき》の枝に紙垂《しで》を取り付けた大幣《おおぬさ》を使い、正座をして深く頭を下げる貞明たちを祓《はら》い清めた。

「高天原《たかまのはら》に神留《かむづま》り坐《ま》す　皇賀親神漏岐《すめらがむつかむろぎ》　神漏美《かむろみ》の命以《みことも》ちて――」

祓詞《はらえのことば》が読み上げられる間も、皆のこわばった表情が緩むことはない。安子の息子の命だけでなく、この周辺の住民の運命がかかっているのだから当然だろう。

その後、米、酒、塩などを神饌《しんせん》とし、流行風邪を治めていただくための祝詞奏上《のりとそうじょう》が始まった。

祝詞を読み終わった神主は、貞明たちをその場に置いたままひとりで拝殿の奥へと進む。これより神に未来を授けてもらうという。

この神事は、神に身も心も預け修行を積んだ神主以外の者は立ち入り厳禁。奥でどのようなことが行われているのか、神社に仕える巫女《みこ》ですら知らないという。

それから二十分ほど経過しただろうか。神妙な面持ちの神主が、疲れた様子で皆の前に戻ってきた。

「神主さま、いかがでしたか？」

最初に食いついたのは秋山だ。

「はい……」

神主は本殿の真正面ではなく左に寄り、貞明たちのほうを向いて腰を下ろす。そして、苦々しい顔で口を開いた。

「……昔のように人間に崇拝する心がなくなったと、死神さまがお怒りだそうです」

〝死神〟という言葉に、その場にいた誰もが息を吞《の》む。

やはり死神が枕もとに立つのは事実なのだろうかと、貞明は思った。

「死神、さまが……。おっしゃる通りです。私たちは、あの神社への奉納をやめて久しくなります」

貞明が口にした〝あの神社〟というのは、ここ千石稲荷神社ではなく、鬱蒼《うっそう》と木々が生い茂る林の奥にポツンと存在する、名も知らぬ鄙《ひな》びた神社のことだ。その神社には小石川周辺を司《つかさど》る死神が祀《まつ》られていると言われていて、当番を決めて交替で祈りをささげてきた。しかし、紡績業が盛んになり皆忙しくなってくると足は遠のき、今はその当番すら決められていない。

「それでは、再び参拝を始めればいいのですか?」

身を乗り出した秋山が神主に問う。

「それだけでは怒りは収まらないでしょう。今までの懺悔《ざんげ》が必要なのです。本日の祈禱くらいではとても……」

「怒りを鎮めていただく方法はないのですか?」

次に尋ねたのは貞明だった。紡績工場がうまくいきだしてから、三条家がこの周辺を取り仕切るようになり、いわゆる〝長《おさ》〟のような役割を果たしているからだ。

「三条の旦那!」

そのとき、バタバタと駆け込んできた男が貞明を大声で呼んだ。

「なにごとだ。神主さまの前で失礼ぞ」

真っ青な顔をしている男を秋山がとがめる。

「安子の坊主が……息をしとらん」

男が顔をくしゃくしゃにして涙をこぼし始めたとき、安子の息子が逝ってしまったのだと貞明は悟った。やはり、死神さまの怒りだと。

「そんな……。まだ四つだったのに。死神さまは、なんて残酷な――」

秋山はそれ以降言葉をなくし、手で顔を覆う。

貞明も目頭が熱くなり、涙をこらえるのに必死になった。そして自分が先頭に立ち、この悪の連鎖を断ち切らなければと覚悟を決めた。

「神主さま。死神さまのお怒り、なんとかならないものでしょうか」

「生贄《いけにえ》が──」

「生贄？」

　神主の思いがけない言葉に反応した貞明の声が上ずる。

「そうです。死神さまに、花嫁を。誰かを嫁がせれば怒りは鎮まるはずです」

「花嫁って……」

　秋山も愕然《がくぜん》とする。

　生贄と言うからには、命を賭《と》して嫁ぐという意味であろうことは、誰もが察知していた。花嫁とは名ばかりで、街の人々を救うためみずからの命を犠牲にする者が必要なのだと。

「死神さまがお怒りになるのは初めてではありません。過去にもぞんざいに扱われた時代があるのです」

　神主はおもむろに立ち上がり出ていったかと思うと、巻物を持って戻ってきた。そして貞明たちの前で広げて、ある箇所を指さす。

「ここに、死神さまへの奉納を忘れたがため、日照りが続き作物が収穫できず、多くの人々が飢え死んだとあります。その際も花嫁を差し出し、怒りを鎮めたと」

神主の説明に、貞明は秋山と顔を見合わせた。

「それで、雨に恵まれたのですね？」

「そこまでは記されていませんが、そういうことでしょう」

貞明の質問への答えは明確ではなかったものの、花嫁を生贄として差し出すという案以外にすがれるものもないのが現実だ。

「誰かをとおっしゃいますが、誰でもよろしいのですか？」

貞明が考えを巡らせていると秋山が尋ねる。

「無論、花嫁にふさわしい清くて若い娘でなければ、ますます死神さまの怒りが増すでしょう」

重い空気が漂い、皆、それきり黙り込んでしまった。小石川周辺には嫁に行っていない若い娘はいくらでもいるし、工場にもたくさんいる。しかし、人生まだこれからという娘に死んでくれとは頼めるはずもないからだ。

千石稲荷神社をあとにした貞明たち一行は、道すがら誰も口を利こうとしない。余計な発言をすれば、「それではお前の娘を」となりそうな雰囲気だったのだ。

「三条さま、どうしたら……」

三条家の門が見えてきたところで、ようやく秋山が口を開いた。秋山には息子しかおらず、生贄からは逃れられる。

「すぐに答えが出せる話ではない。しばし時間を」

「しかし、一刻の猶予もございません。明日は何人死ぬか……」

娘をふたり持つ——しかも年頃のひさがいる貞明は、安易な発言はできない。もちろんひさを死神に嫁がせるつもりなどないし、かといって、他の者に娘を出せと命令するのもおかしい。

「しばし、時間を」

貞明は繰り返し、皆と別れて屋敷に戻った。

◇◇◇

再び民衆が押し寄せてきたのは、その二日後。空には不気味なほど黒い雲が広がり、今にも雪が降りだしそうな、冷える朝のことだった。

「旦那さま。大勢の方が旦那さまに面会を求めていらっしゃいます」

「今行く」

千鶴が廊下の拭き掃除をしていると、庭師が貞明を呼びに来た。貞明は先日から顔色が芳しくなく、自室にこもっているのを心配していたが、廊下に現れた貞明は、目の下がくぼみ、さらに悪化しているように見える。

流行風邪にかかったのでは？　とも疑われたけれど、高熱があるとか咳《せき》がひどいというような特徴的な症状は見られない。

長屋門に集まったのは、先日よりさらに多い四十人弱。

不思議に思った千鶴は、とみと一緒にこっそり庭からその様子を眺めていた。

「三条の旦那。もう二日経《た》ちました」

口火を切ったのは秋山だ。

「しかし、簡単にどうすると決められるものではないのはわかっているであろう？」

貞明が反論すれば、人々は顔を伏せる。

「ねぇ、なにかしら」

「さあ？　でも、なんだか深刻そうですね」

とみは千鶴に小声で問うが、千鶴とてわからない。

そのうち、秋山を伴った貞明が屋敷に入ってきて、玄関で迎えた不二と一緒に奥に向かった。

「千鶴」

「は、はい」

不二に呼ばれた千鶴は、とみと別れて声のする奥座敷へと足を速める。

「奥さま、なんでしょう」

「お茶を淹《い》れて」

「かしこまりました」

障子を開け廊下に顔を出した不二と会話をしたが、その隙間から浮かない顔をしている秋山と貞明が見えた。

「仕事の話ではないの？」

千鶴が思わずつぶやいたのは、工場についてならば不二は首を突っ込まないからだ。

不思議に思いながらも台所に向かい、お茶を準備し始めた。

「――どうか。お聞き届けください。昨日もこの界隈で四人死にました。うちひとりはまだ三十代の働き盛りで、やはり死神が来たと口走ったそうで……」

「ならん！　なぜ三条家から？　お断りだ！」

お茶を持ち奥座敷に向かうと、貞明がなぜか興奮して声を荒らげている。

「この街を治めているのは三条さまです。食うに困っているような家の娘を探してとも考えましたが、それではやはり失礼にあたると皆が話しております。それなりの娘でなければ。三条家からの嫁入りなら申し分ない。これ以上怒らせるわけにはいかないのです。わかってください」

「なにを勝手な！」

怒らせるって、誰を？　嫁入りって、ひささんの？

お茶を運んできた千鶴は、廊下で首を傾《かし》げる。

「これは私たち従業員の総意です。聞き入れてくださらなければ、本日より工場の稼働を停止します」

工場の稼働を停止？　一体なにが起こっているの？

続く押し問答に千鶴はしばらく入室をためらったが、声が途切れたので「失礼します」と声をかけてから入っていく。

座卓を挟んで上座に貞明、そしてその斜めうしろに不二、下座に秋山が座っており、丁寧にお茶を置いていった。

「そうだ。千鶴はどうです？　千鶴は元華族令嬢ですし、器量もいい。申し分ないのでは？」

なにごと？

いつも自分を罵る不二が褒めるのが千鶴には不可解だった。

「しかし……」

不二は目を輝かせているのに、貞明は慌てふためいている。

「他に方法がございますか？　ひさを行かせるわけには参りません。それに、工員たちが職場放棄したら、三条家はどうなります？　ここまで踏ん張ってきたのに、三条紡績をおつぶしになるのですか？」

不二がなぜか怒り気味に眉を吊《つ》り上げた。

職場放棄？　つぶす？

唐突に自分と会社についての議論が始まり困惑する千鶴は、呆然と不二と貞明を見つめる。

「だが……」

眉間にしわを寄せる貞明が同情の視線を自分に向けたのがどうしてなのか、千鶴にはさっぱりわからなかった。

「旦那さま。もう迷っている時間はございません。このままでは働き手もいなくなり、三条紡績どころか小石川は廃墟《はいきょ》になります。明日、私たちが罹患して命を落とすやもしれないのです」

秋山は千鶴をチラリと視界に入れてから貞明に懇願する。

「いや……」

それでも決断できない貞明の代わりに、不二が口を開いた。

「千鶴。嫁に行ってくれない？」

「嫁!?」

降って湧いた婚姻話に、千鶴は腰を抜かしそうだった。しかも、そのような祝いごとをどうして暗い顔で議論しているのか理解できない。

「婚礼衣装は私たちが用意するから心配しないで。あなた、目鼻立ちがはっきりしてるから、真っ白な白無垢が似合いそうね。すぐに手配するわ」

「奥さま、あのっ……」

話がまったく呑み込めない千鶴が声をあげると、「小石川の未来があなたにかかっているんだ」と秋山に強く詰め寄られて、ますます混乱する。

「どういうことでしょう。婚姻など考えてもおりませんでしたし、使用人の私に白無垢など……」

余計な金を使い給金を減らされては、弟のための仕送りが減ってしまうと焦った。

「三条の家から花嫁として出すのですから、恥ずかしくない支度は私たちでします。それに、正岡家があのようなことにならなければ、あなたはそろそろ嫁入りしていてもおかしくない年頃よ」

不二の言う通りだが、ずっと三条家の使用人として生きていく覚悟を決めていた千鶴にとって、婚姻なんて寝耳に水なのだ。それに、話を聞いているとひさの代わりに嫁にということのようだが、いったい、なぜひさではだめなのだろう。

華族の娘として生まれたからには、良家に嫁ぐことこそ使命だと幼き頃から言い聞かせられてきた。高等女学校では友人のうちの何人かは、嫁ぎ先が決まり中退していった。

女学校在学中に縁談が決まり中退するのは珍しくなく、それどころか〝卒業面《づら》〟と揶揄する言葉があるように、在学中に縁談が持ち上がらず卒業できてしまうほうがかわいそうだという風潮すらある。そのため、正岡家があのまま子爵家として存在していれば、千鶴も嫁に行っていた可能性は十分にある。

といっても、それは子爵家の令嬢だったときの話。ただの使用人が白無垢を用意してもらい雇い先の家から嫁に行くなど聞いたためしがない。

「ですが、急すぎて……。お相手は私でよろしいのですか？」

もともと心に決めた人がいるわけでもなく、家柄や財産によってその相手を決められるのは覚悟していた。けれども今は没落した子爵家の娘というなんの価値もない自分では、相手が納得するとは思えない。

「お相手は爵位など望まれないでしょう。この三条家から器量のいい娘が嫁げば満足なはず」

なぜか自信満々に告げる不二だったが、千鶴が「でしたら、ひささんが……」と漏らした途端、眉尻が上がった。

「あなたが行けばいいのよ。これは決定事項よ」

とがった視線を向けられた千鶴は、不二のすさまじい剣幕に身震いするほどだった。

「それでよろしいですよね」

不二が貞明に詰め寄る。貞明が唇を嚙みしめて黙っていると、秋山も続く。

「旦那さま。小石川の未来も、三条紡績もなくなります。どうかご決断を」

なぜ自分の嫁入りが、小石川の未来や会社の存続に関係するのか理解できない千鶴は、ただ瞬《まばた》きを繰り返して貞明の発言を待つ。

「……わかった。千鶴、堪忍してくれ」

「旦那さま?」

不二やひさには冷たくあしらわれてきた千鶴だったが、貞明はいつも目をかけてくれた。それが、不二たちの不機嫌を加速させていたとはいえ、貞明が頭を下げる理由が思い当たらない。

「ありがとうございます! 小石川は三条家のおかげで救われます。きっと歴史に名をお残しになるでしょう。早速皆に伝えてまいります。それでは」

ぱあっと表情を明るくした秋山は、出されたお茶も飲まずに飛び出していった。

わけもわからぬまま残された千鶴は、貞明に向かって口を開く。

「縁談というのは……」

「千鶴。申し訳ない」

震える声で深々と頭を下げる貞明に驚愕《きょうがく》し、「どうされたのですか？」と再び問いかける。

顔を上げた貞明は、ふぅーと大きな溜息を漏らしてから話し始めた。

「千鶴のお相手は、し、し……」

「死神さまなの」

言いよどむ貞明の代わりにあっさりと婚姻の相手が〝死神〟だと伝えた不二の顔には、まったく迷いがない。

「死神、さま？」

ようやくの思いで声をふり絞った千鶴だったが、目の焦点が合わなくなるほど動揺していた。

「小石川周辺で疫病が猛威を振るっているのは知っているわよね。千石稲荷の神主さまが、死神さまがご立腹でこの病を流行らせていると神託をお受けになったの。その怒りを鎮めるには花嫁が必要らしくて」

それが、私？

千鶴は愕然としながらも、必死に耳をそばだてる。

「千鶴が嫁入りしてくれれば、今後死にゆくたくさんの命が助かるのよ。ねぇ、行ってくれるでしょう？」

不二の言葉は一見お伺いのようだったが、〝もちろん行くわよね〟という威圧感がある。

千鶴はようやく自分に婚姻話が持ち上がった理由に合点がいった。つまり実の娘のひさを死神になど嫁がせられないので、代わりにということだと。

「死神さまに嫁入りするって……」

恋を知らぬまま、どこの誰かもわからぬ男性と夫婦になれと言われる可能性があるのは幼い頃から覚悟していた。けれども、相手が人間ではないとは。どう受け止めたらいいのかまるでわからない。

それに……、もしやこれは花嫁という名称の生贄なのではないかと千鶴は気づき始めていた。死神に嫁いで幸せになった話など聞いた経験がない。

「私に、死ねと……」

思わず漏らすと、貞明の表情が引きつる。

「すまない。他に方法がないのだ。どうか、小石川と三条紡績を救ってくれ」

当主で男爵という地位ある貞明が土下座する姿を、千鶴は不思議な気持ちで眺めていた。もはや夢か現《うつつ》かわからなかった。

死神との婚姻を言い渡された千鶴は、その後与えられている部屋にこもって出ることはなかった。同室で一緒に生活しているとみが心配して食事を運んでくるものの、のどを通らない。

「どうも、それなりの格式のある家から令嬢を差し出さなければ、死神さまの怒りが増すのではないかと考えたようね。それならば、この辺り一の名家の三条家からと白羽の矢が立ったらしいの。でも……皆、自分の娘を出したくなかっただけよ」

千鶴が死神に嫁げと命じられたのを知ったとみは、情報集めに奔走していた。誰かそれを阻止できる人物がいないか探っているのだ。

「そうね……」

目がうつろなままの千鶴の返事には覇気がない。

「工場の稼働停止を突きつけるなんて、質《たち》が悪いわ。三条家は断れないじゃない」

たしか二十年ほど前。山梨の製糸工場で働いていた百名を超える工員たちが、労働条件の不満から寺に立てこもり〝ストライキ〟というものを起こした。三百人ほどの工員を抱える三条紡績では、そのストライキを起こしてはまずいと、労働時間が超過しないように気を配っているのは千鶴も知っている。

工員が職場放棄をすれば、三条紡績は一時休業どころか一気に倒産に傾く可能性がある。なぜなら津田紡績をはじめ紡績会社はいくつでもあり、しのぎを削っている状態で、一旦手放した顧客はおそらく戻ってこないからだ。

その事情を知っていても、死ねと言われて『はい』と素直に返事ができるわけがない。しかも千鶴の場合、ひさを花嫁にという話を持ってこられたにもかかわらず、思いついたように代役に仕立てられてしまったのだからなおさらだ。

貞明は悲痛の面持ちだったが、不二やひさは日頃から千鶴が気に入らない様子だったので、ちょうどいいくらいにしか思っていないのがありありとわかり、それも千鶴には悔しかった。

華族の称号を失ってもその矜持だけは忘れまいと、悪口も言わず黙々と働いてきたつもりだった。それなのに、いとも簡単に命を差し出せと命令され、心が折れている。

おにぎりを持ってきたとみが仕事に戻ってしまうと、千鶴の頬には涙が伝い始めた。

それから四日。雪がちらほら舞い、肌を突き刺すような冷たい風が吹き荒れる日の朝。三条家の座敷に立派な婚礼衣装が届いた。

千鶴は相変わらず部屋にこもったままだったが、とみから小石川の現状を聞き、顔をしかめていた。

老いも若きもバタバタと病に倒れ、いまだ流行風邪との闘いの終着点すら見えない。運が悪ければあっけなく亡くなり、一家の大黒柱を失い途方に暮れている者や、子を失い絶望であとを追った母もいるそうだ。

このままでは小石川が全滅してしまう。

千鶴はひどく心を痛めた。

親切にしてくれていた魚屋のおじいさんも亡くなり、最近になってその孫までもが罹患し、命を落としたとか。家族は、誰も慰められないほど悲しみに暮れているそうだ。

特に自分より幼い子が亡くなるのはかなりこたえる。

この先も同じような苦しみを味わう人がいるのかと思うと、千鶴の心は激しく揺れ動いた。

自分が役に立つのなら……。

そう何度も考えたが、死をおもうと簡単には答えが出ない。

生贄となったあとは、どうなるのだろう。どのように命を絶たれるのか、そして黄泉がどんなところなのか見当もつかない千鶴は、葛藤し同時に絶望もした。

「どうしてこんな……」

生家の没落だけでなく、今度は命を差し出せとまで言われる自分の人生を恨んだ。

しかし、華族としての意地が、弱音を胸の内に押しとどめさせた。

ないがしろにされてきたという死神の怒りは相当らしく、誰も手をつけられない。

恐ろしくて死神がいるという神社に近づくこともできずにいるとか。

不二が、自分をここぞとばかりにひさの代役に仕立てたのには腹を立て、いっそ三条家から逃げ出そうかとも考えた。正直、三条紡績がどうなろうと、千鶴には関係ないからだ。

しかし、自分がいなくなればおそらく別の者が花嫁に仕立てられるだけ。もちろん、ひさ以外の誰かが。

街の人たちは、格式高き三条家から花嫁を出さねばと話しているが、それは建前だろう。自分の娘を生贄にしたい者などいない。工場の操業停止を盾に取って迫れば、三条家が折れるしかないと踏んでいるのだ。

とすれば、千鶴の次に白羽の矢が立つのは、使用人仲間だ。千鶴は親切にしてくれたとみや仲間たちにその役割を押しつけることもできないでいる。

他に選択肢はないのね……。

何度もどうしたら嫁入りせずに済むのかと考えた。けれども、本当はひさの代わりに嫁入りを命じられたときから気づいていた。自分がその役割を買って出なければ、ますます多くの小石川の人々が命を落とすか、もしくは使用人仲間の誰かが同じように苦しまなくてはならないのだと。

茶粥《ちゃがゆ》を持ってきたとみに、千鶴は口を開く。

「とみさん。私、死神さまのもとにまいります」

「えっ……。嫌よ。なんで、千鶴が……」

泣き崩れたのはとみのほう。とみはあれから秋山に会いに行ったり、千石稲荷の神主に面会を求めたりと、千鶴を救う手立てを必死に探っていたけれど、「そんなに言うなら、お前が嫁入りするか？」と問われて黙るしかなかった。それでもあきらめてはいないのだ。

「とみさんが、私を行かせたくないと思ってくださったので十分です。私が嫁げば、人々の命が失われずに済むのなら……」

千鶴は〝人々の役に立つべし〟と華族としての心構えを説かれて育ってきた。それを実践するときがきたのだと考えた。

とはいえ、本当は他の誰かに代わってもらいたい。今すぐにでも逃げ出したい。しかしそれを口に出すのは、元華族としての誇りが許さなかった。

覚悟を決めた千鶴は、貞明のもとに向かった。

「旦那さま。私は死神さまのもとに嫁ぎます」

「千鶴……」

貞明の部屋で正座した千鶴は、はっきりと告げる。

「ただひとつ。正岡家への仕送りを、私の代わりに続けていただけないでしょうか。弟が一人前になるまでは、どうか……。ですから、私が嫁いだことは秘密にしてください」

「もちろんだ。千鶴にはどれだけ謝罪してもしきれないのに、仕送りなど容易《たやす》い御用だ」

座卓の向こうにいた貞明は目の前まで来てほろりと涙をこぼし、千鶴に深く頭を下げた。

「どうか許してくれ」

「いいえ。旦那さま、お世話になりました」

自分を死神に差し出す三条家の人々に恨みがないと言ったら嘘になる。しかし、どれだけ嫌だと叫んでもひさが代わってくれるわけもない。

千鶴は一礼してから部屋を出た。

「千鶴」

廊下を歩いていると、うしろからタタタッと駆け寄ってきたみつが千鶴に飛びつく。

「みつさん。走ってはなりませんよ」

「ごめんなさい。千鶴、お嫁に行くの？」

真ん丸のかわいらしい目を大きくして尋ねるみつともう会えなくなると思うと、胸が張り裂けそうになる。

「はい。みつさん、どうかお元気で素敵な淑女にお育ちください」

「これ、あげる」

みつの手には鮮やかに咲いた椿の花。

「ありがとうございます」

「千鶴はこのお花よりきれいよ」

椿を受け取った千鶴は、涙をこらえられなくなり、みつを抱きしめる。

「みつさん……」

これがこの世への未練というものだろうか。

千鶴は死神に嫁ぐと決めた直後から、突き刺さるような胸の痛みに耐えかねている。

「どうしたの、千鶴。お嫁に行くのは嫌なの？」

事情を知らぬみつとは、このまま死神について触れずに別れたい。

「いえ。みつさんとお別れするのが寂しくなったのです」

「いつでも来てくれればいいのに」

「そうですね。そうします」

千鶴はもう一度みつを強く抱き寄せてから離れたのだった——。

死神の役割

浅彦に促された千鶴は大きな屋敷に足を踏み入れ、長い廊下を歩いて二十畳ほどはある奥の大広間に向かった。

その部屋の真ん中あたりで正座し、何度も深呼吸を繰り返す。

「千鶴さま、それほど緊張されなくても大丈夫ですよ」

浅彦が声をかけても、硬い表情は緩まない。

これからどういう形で命を絶たれるのかわからないのだから、緊張するなと言われても無理というものだ。

しばらくすると死神もやってきて、少し離れたところにあぐらをかいた。浅彦は、千鶴の斜めうしろに控えている。

死神はじっと千鶴を見据えたまま口を開こうとしない。そのため千鶴は、指をついて頭を下げた。

「死神さま。どうか私を妻にしてください」

そのまま頭を下げ続ける千鶴の耳に、「八雲《やくも》だ」という声が届いた。

「八雲、さま……」

「顔を上げろ」

「はい」

おそるおそる上半身を起こし、八雲に視線を注ぐ。

「先ほども話したが、妻など欲しておらぬ。今日はここに泊めてやるが、明日戻るがいい」

「いえ。どうか妻に……」

「わからんやつだ。死にたいのか？」

八雲は少し声を大きくして責め立てる。

「死にたくは……ございません。ですが、八雲さまのお怒りを鎮めるのが私の最期の仕事」

千鶴が胸元の懐剣に手を添えると、浅彦の腰が浮き緊張が走る。しかし千鶴はその懐剣を静かに畳の上に置いた。

「これで私を守るものはなにもございません。八雲さま。私の命でご勘弁ください。どうか街の人々をお救いください」

千鶴の体がガタガタ震えだしたのは、その潔い言葉とは裏腹にとてつもない恐怖を感じているからだ。それでも、引き下がるわけにはいかない。

「わかった。それではお前を殺《あや》める前にひとつだけ願いを叶《かな》えてやろう。なんでも言え。殺したいほど憎いやつがいれば、私が手を下す」

殺めると聞き、緊張のあまり呼吸が浅くなる。けれども、これは千鶴自身が望んだ結果だ。

「願い……」

それからしばらく考え込んだ。殺したいほど憎いというのは、もしや三条家の人々をさしているのだろうか。

たしかに不二やひさには冷たくあたられた。つらくなかったとはとても言えない。でも、ふたりの死を願ったら、残ったみつはどうなる？　苦渋の決断をして自分を責めているだろう貞明は？

それに……ふたりを殺めてもらえれば心が満たされるのだろうか。いや、他人の命を奪う行為に手を染めては、後悔ばかりが残り、自分も穏やかな気持ちで黄泉には旅立てなくなる気がした。

千鶴は葛藤ののち、口を開く。

「それでは、組紐《くみひも》を一本いただきたく存じます」

「組紐？　それが願いか？」

怪訝《けげん》な声を出す八雲は、浅彦と顔を見合わせる。

「はい」

「浅彦。組紐ならどこかにあるのではないか？」

「すぐに持ってまいります」

浅彦は腰を上げて出ていった。

八雲とふたりで残された千鶴は沈黙が苦しくてたまらない。もう少しでなくなる命なのだからと、思いきって口を開いた。

「私、婚礼衣装などもう着られないと思っていました。家が没落し、三条家に使用人として雇われたのですが、それからはあきらめの連続でした」

千鶴の脳裏には、女学校で父の失脚を知らされ、あれよあれよという間に坂道を転がり落ちていった日々が浮かんでいた。

「ですが、最期に白無垢に袖を通せるなんて。八雲さまは花嫁などいらなかったでしょうけど、私は花嫁を求めていると勘違いした人たちに感謝しています」

ハレの日の衣装を纏い、最期を迎える。喜びと悲しみが中和されればいいのに、と千鶴はふと考える。

千鶴の話に目を丸くしている八雲は、障子を開けて入ってきた浅彦に視線を移した。

「こちらでよろしいですか？」

浅彦が千鶴に差し出したのは、深紫色の光沢のある立派な組紐だった。

「ありがとうございます」

「それをどうするのだ？」

八雲が不思議そうに尋ねる。すると千鶴はすっと立ち上がり、八雲のほうに足を進めた。

「八雲さま、御髪《おぐし》を整えさせてはいただけませんか？」

「は？」

予想外の要求に目を瞠る八雲は、間が抜けた声を出す。

「私、三条の家ではふたりの娘さんの髪を結うのが仕事でした。それまで結ってもらう立場でしたので最初は困惑しましたが、これがなかなか楽しくて。どんな地位にあろうが、自分の気の持ちようで人生に彩を添えられるとわかったんです」

と語ったものの、生贄として生涯を閉じる運命になったのは、本当はいたたまれないし、泣き叫びたいほど悔しい。

しかし、もう引き返せないのだし、没落したとはいえ子爵家に生まれた者として、美しく散りたかった。

「八雲さまの御髪があまりに美しく、結ってみたくなったのです。お願いできないでしょうか」

八雲の目の前まで歩み寄った千鶴は、改めて正座をして懇願する。

「お前は、私が怖くないのか？」

「……怖いです。震えるほど怖い」

八雲に問われて正直な気持ちを吐露したものの、彼の姿を初めて見た瞬間よりずっと落ち着いていた。

神社の境内に足を踏み入れたときは、鬼が出るか蛇が出るかすらわからなかった。死神が姿を現した瞬間、食いちぎられる可能性だってあったのだ。

しかし意外にも見た目は人間と変わらず――いや美しいくらいで、帰るように促したり、最期の願いを叶えようとする八雲に、どこか安心感を覚えているのは否めない。

「それならば、なぜ？」

「これを最期の仕事にしたいのです」

そう伝えると、八雲は理解できないというような表情で首を横に振る。

「私の髪を結うのが、最期の仕事なのか？」

「はい。それでひとつお願いがございます。この組紐をお手にされたとき、私という存在が生きていたと思い出してはいただけないでしょうか」

千鶴の目からは、こらえきれなくなった大粒の涙が流れだしていた。

自分が死神の生贄になり、街の人々を救えるならば本望だ。

千鶴はそう強がってはいるけれど、こうして死神の屋敷で誰にも見送られず生涯を閉じるのがたまらなくつらくなったのだ。せめてこの世に生きた証《あかし》が欲しかった。

「浅彦」

「はい」

「千鶴になにか着物を」

「かしこまりました」

しかし八雲は千鶴に髪を結わせることなく、組紐をするりと奪い、部屋を出ていってしまった。

千鶴は立ち上がり八雲のうしろ姿を目で追いながら、絶望的な気持ちに陥る。すると、浅彦が隣に歩み寄ってきた。

「私、失礼なことを申したでしょうか」

死神の怒りを鎮めるために来たのに、火に油を注いだのではないかと心配になる。

「違いますよ。人間は死神を毛嫌いし恐れていますが、八雲さまは本当はお優しい方です。千鶴さまが髪を結いたいとおっしゃったのが意外すぎて、うまく対応できなかっただけですよ、きっと。不器用な方ですから」

浅彦が柔らかな表情で語るので、胸を撫で下ろした。

「それに、八雲さまは千鶴さまを殺めたりはしませんのでご心配なく。怖がらせたら帰ると思われたのでしょう」

「えっ……」

意外な浅彦の発言に、驚きを隠せない。

「どうしてでしょう？　やはり私ではお気に召さないのでしょうか？」

それでは街の人々を疫病から救えないと千鶴は焦った。

「違います。落ち着いてください。座って少しお話ししましょう」

浅彦に促された千鶴は、その場に腰を下ろした。正面にあぐらをかいた浅彦は、笑顔を絶やすことなく続ける。

「人間は誤解をしているのですが、死神は死者台帳に則《のっと》り、死にゆく人々が黄泉に行けるように導いていらっしゃるだけ。八雲さまに誰かを殺める力はございません」

「死者台帳？」

耳にしたことがないものに言及されて首を傾げる。

「はい。人は生を受けた瞬間死の時刻が決まり、死因とともにその台帳に名前が浮かび上がるのです。その時刻も八雲さまがお決めになるのではありません」

「死の時刻……」

「生と死は表裏一体。死の時刻もあらかじめ決まっています。八雲さまはその台帳をご覧になり、死にゆく人々の枕もとに行かれるだけ。ですから、死神が姿を現したから死ぬというのは間違いで、死ぬ予定があるから死神が現れるのです」

浅彦の言わんとすることはなんとなくわかったものの、千鶴は混乱していた。

「働き盛りの人が亡くなったり、幼い子供も亡くなっています。まだ寿命が残っていたはずなのに、それはどういうことですか？」

「寿命の考え方がおかしいのですよ。人間は、長寿をまっとうして初めて寿命が尽きたと考えますよね」

「はい」

その通りなのでうなずく。

「しかし、生まれてすぐに黄泉に旅立つのもまた寿命です。たとえば、若くしてなんらかの事故で亡くなったとしましょう。まだ三十年も四十年も生きられるはずだったのにと人間は嘆きますが、それがその人にあらかじめ決められていた死の期限で、寿命だったのですよ」

今までの考えを根底から覆された千鶴は、ただ瞬きを繰り返して耳をそばだてていた。

「八雲さまはこれから死にゆく人々に、黄泉に入るための印をおつけになるのが仕事です」

「印、とは？」

亡くなる人にそのようなものがつけられていると聞いたためしがない。

「眉間に指で印をつけられますが、これは魂につけるもので人間には見えません。人は死ぬと魂が抜けます。その魂はそのままにしておくと、ずっと人間界をさまよい続けて、いずれは悪霊になってしまうのです」

「悪霊？」

千鶴は恐ろしい話に、身震いした。

「そうです。しかし、八雲さまの印があれば黄泉への道が開けます。黄泉にたどりついた魂は、それぞれ待機の期間は違えどいつかまた人として生まれ変わるのです」

魂は流転すると耳にしたことがあるが、それが死神のおかげだとは知らなかった。

「それでは、死神さまは恐ろしい存在ではないのですね？」

「はい。人間はやみくもに八雲さまを恐れますが、八雲さまがいないほうが怖いのですよ」

たしかに、悪霊だらけになっては困る。

「今、小石川には疫病が蔓延しています。毎日多くの命が失われていきます」

「存じています。そのせいで八雲さまもお忙しくされているのですから」

浅彦は大きくうなずく。

「それも、もともと決まっていた死期なのですか？」

「その通りです。疫病を流行らせたのはもちろん八雲さまではありません。人は医術で制御できない病が出現すると神仏に頼りますが、それは間違いです。長い歴史を解き明かすと、新しい病が現れては命を落とし、それを克服するものの再び別の病が出現し……の繰り返しなのです」

浅彦の話には説得力があった。

今回の流行風邪はかなり死亡率が高いが、ここまでではなくともたしかに数年に一度、病が流行している。治療法が見つかった頃には、別の疾病が蔓延し始めて死者が出るというようなことの繰り返し。

「死神さまが、以前のように崇拝されぬことをお怒りなので花嫁をと、千石稲荷の神主さまに助言され、私が選ばれたようなのですが……」

「あぁ。私がここに来る前の話だそうですが、千鶴さまと同じように花嫁として差し出された者がいたようで、それが言い伝えられているのでしょう。しかし、花嫁が神社に姿を現したことはないそうですよ。逃げたのだと思われます。ですが、八雲さまはそもそも花嫁など所望していないので、そのままにしておかれたとか」

「逃げたのですか？」

千鶴はひどく驚き、一瞬思考が止まった。

「はい、おそらく。そのときは、どうやら干ばつによる飢饉《ききん》で絶命する人が多かったようですが、翌年は天候が戻り食物も手に入るようになったとか。もちろん八雲さまがなにかをされたわけではありません。でも人間は、雨が降ったのは花嫁を嫁がせたおかげだと解釈したのでしょう」

すべて勘違いなの？

死神への嫁入りを言い渡されてから、あれほど恐怖におののき逃げ出したい衝動を必死に抑えて覚悟を決めたというのに、なんのために苦しんだのだろう。

千鶴は思いがけない話に絶句し、そして脱力する。

「八雲さまは崇拝などにまったく興味はありませんし、淡々と死神としての仕事をこなされているだけ。それに、花嫁を娶りたいなどという言葉を聞いた覚えがございません。あまり〝愛〟という概念がおわかりでないようですし」

「それでは、私がここに来ても、街の人々の命を救えないのですか？」

死神は恐れるべき存在ではないとわかったのと同時に、自分が嫁ごうが嫁ぐまいが、人々はこれまで通り亡くなっていくという事実に打ちのめされそうだった。

「残念ですが、台帳に記された命の期限は八雲さまにも変更できません。ただ、台帳を見ると、この病は急激に終息に向かうと思われます」

「よかっ、た……」

そっと目頭を押さえる千鶴を、浅彦は優しい目で見つめていた。

「それと、千鶴さまも」

「私がなにか？」

「千鶴さまの命の期限はずっと先です。つまり、八雲さまに殺められるというのは間違いですよ」

自分の命の期限を承知していた八雲は、やはり三条家に帰すために殺めると嘘をついたのだと千鶴は悟った。

「そう、でしたか。……浅彦さんも死神なのですか？」

死神の仕事について滑らかに語る浅彦が、うすうす人間ではなさそうだと千鶴は感じている。けれども、八雲ほどの威圧感はないし、より自分に近い存在に思えて千鶴は不思議なのだ。さりとて、ただの使用人というわけでもないだろう。

「私は見習いです。まだ印はつけられませんので、八雲さまのお手伝いをしております」

「見習い？　それでは、浅彦さんも死神さまでいらっしゃるのですね」

「えぇ、まあ。〝死神さま〟と言われるほどの力もございませんし、八雲さまの身の回りの世話係と言ったほうが正しいかもしれません」

自嘲気味に語る浅彦だったが、千鶴は真顔だった。一度に信じられないような話をいくつも聞いて混乱気味なのだ。

ただ、浅彦の話には矛盾はないし説得力もあり、おそらく事実を口にしていると感じる。

「私、八雲さまに失礼を働いたのですね。街を救ってほしいがため娶ってほしいなど図々《ずうずう》しいにもほどがあります」

「千鶴さまが罪悪感を抱く必要はございません。あなたは他の民のために命がけでここを訪ねたのですから、感謝されるべきです。それに……八雲さまはぶっきらぼうな物言いをされていましたが、まんざらでもないと思いますよ。こんなに美しい花嫁に娶ってほしいと言われてうれしくない者などいません」

浅彦の言葉が社交辞令なのはわかったが、それでも張り詰めていた気持ちが緩んだ。彼の話を聞いていると、八雲は怒っているわけではなさそうだからだ。

「そう、ですか……」

「白無垢姿、ずっと眺めていたいくらいですが、窮屈なのでは？　着替えを用意しますので、こちらに」

浅彦に促され、大広間を出て別の八畳の部屋に向かった。そこで着替えの浴衣を借り、布団まで用意してもらう。今頃、命を絶たれていたはずの千鶴は恐縮し通しだ。

「本日はここでお眠りください。これからのことは明日またお話ししましょう」

「なにからなにまでありがとうございます」

畳に指をつき丁寧にお礼を述べると「おやすみなさいませ」と浅彦は出ていった。

借りた男性ものの浴衣は少し大きすぎたが、震えるほど恐れていた死神の家でこのようなもてなしをされるとは意外すぎて、いまだ夢見心地だ。

それに、台帳とやらに記された自分の死期が差し迫ってはいないのを知り、八雲をそれほど恐れる必要はなさそうだと千鶴は安堵《あんど》した。


死神との婚姻を言い渡された日からずっとまともに眠っていなかったせいか、死神の館だというのにぐっすり眠っていた。ふと目を覚ますと、障子の外が明るくなっていたため慌てて飛び起き、浴衣の乱れを直す。

「あれっ？」

視線を感じた千鶴が障子のほうに改めて目をやると、ほんの少し隙間が空いていて、誰かが覗《のぞ》いているのがわかった。

「浅彦さん？」

いや、違う。障子に映る影は小さく、子供のようだ。

近づいていくと、タタタッと駆け出していくので慌てて廊下に出る。すると千鶴の視線の先には、年の頃四、五歳だろうか。自分の腰の高さほどの身長の男の子が少し離れたところからこちらを振り返っている。八雲と浅彦以外の者がここにいるのに仰天した。

「初めまして。正岡千鶴です。あなたは？」

「一之助《いちのすけ》」

「一之助くんね。お邪魔してごめんなさい。びっくりしたでしょう?」

目覚めたら見知らぬ者がいて驚いたのではないかと思い謝ったものの、一之助は首を横に振っている。

彼も死神見習いなのかしら? こんなに幼いのに?

不思議に思いながらも、自分とは距離を取る彼にあれこれ尋ねるのもよくないかもしれないと思い、質問するのはやめておく。

「一之助」

そのとき、浅彦の声がして姿を現した。

「あ……。千鶴さま、おはようございます」

「おはようございます。あの、寝すぎてしまいまして……」

男性に浴衣姿など見せてはまずかったと襟元を手繰り寄せたが、他には白無垢しかないので仕方がない。

「あははは。やはり八雲さまの浴衣では大きすぎましたね。あとで着物を用意します。一之助、挨拶は済ませたか?」

「はい」

一之助の高くかわいらしい声に、千鶴の頬は自然と緩む。

「千鶴さまに屋敷を案内しなさい。そのあと、居間へ」

「はい」

浅彦は頭を下げて戻っていった。

じっと自分を観察している一之助に、千鶴のほうから近づいていく。

「あなたが案内してくれるの？　それはとっても助かるわ。仲良くしてね」

笑顔で話しかけると、一之助は不意に千鶴の手をつかみ、グイグイと引っ張り始める。

少し三条家のみつを思わせるような子供らしい行動に、千鶴の心は和んだ。

一之助はまず雪がやみ日が差し込む庭に出て井戸に。そして廁《かわや》など生活するのに必要な場所をめぐり、最終的にはいい香りが漂ってくる居間へと千鶴を引っ張る。その間一之助はほとんど言葉を発しなかったが、案内されるたびに「ありがとう」と声をかけ続けた。

「あっ……」

居間には四つの膳が用意されていて、料理が並んでいる。

「千鶴さま、一之助の隣でよろしいですか？」

「もちろんです。でも私……無理やりお邪魔しただけで、食事を用意していただくような立場ではございません」

恐縮すると、浅彦は笑顔で首を横に振る。

「一之助のために、同席願えませんか？　私たち死神は食事をとらずとも生きていけます。ただ、一之助は人間ですので食べなければならず――」

「人間？」

驚いた千鶴が大きな声を出したからか、一之助がビクッとして握っていた手を離してしまった。

「ごめんね。死神さんかなと思ってたの。私も人間なのよ。怖がらないで」

慌てた千鶴は一之助の目線に合うように膝をつき、はっきり、そしてゆっくり話す。

幼い子の相手は、みつの世話で慣れているのだ。

「ううん」

どうやら一之助は怖がっているわけではなさそうだ。

「一之助はわけあって八雲さまがここに連れてこられて育てています。誰かがこの屋敷を訪ねてくるのは初めてですが、千鶴さまのことは好きなようですね」

浅彦は頬を緩めながら話す。

どういうわけなのかくわしく知りたかったが、ここで聞くのは無粋な気がしてやめておいた。

「一之助くん、私も一緒にいいの？」

「うん」

千鶴が尋ねると、一之助は弓なりに目を細めて、うれしそうな顔をする。

「一之助。八雲さまを呼んできてくれ」

「はい」

一之助は浅彦に命じられるとすさまじい勢いで部屋を出ていった。

「このお料理は浅彦さんが？」

箱膳には麦飯、大根の味噌汁《みそしる》、卵焼き、しょうがの佃煮《つくだに》が載っている。椀《わん》や皿から立ち上る湯気が、食欲をそそった。

「はい。料理の経験はなかったのですが、八雲さまが一之助ひとりで食事をさせるのはかわいそうだから私たちも食べようとおっしゃるので、必死に覚えました」

「そうでしたか。それにしては立派な朝食です」

三条家で使用人として働くようになってからは、朝食は茶粥くらいだったので、豪華すぎるほどだ。

しかし、そのような配慮をする八雲はやはり優しいのだなと千鶴は思った。

「食材はどうされているのです？」

「千鶴さまが入ってこられた神社には、かつてはかなりのお賽銭《さいせん》が投げられました。今でこそさびれましたが、使うあてがなかったので金はたくさん残っていて、その金で私が時々街に出て購入してまいります」

たしかに人間にしか見えない浅彦の姿なら、街で買い物をしても怪しまれはしないだろう。

浅彦と話をしていると、八雲が入ってきた。

「おはようございます」

千鶴は正岡の家でしていたように正座し、朝の挨拶をする。

「あぁ。浅彦、千鶴に着物を準備してやれ」

「承知しました」

すでに千鶴にそう伝えていた浅彦だったが、かしこまり承っている。

八雲の隣に浅彦。その向かいに一之助。そして千鶴は八雲の目前という少々緊張を伴う席につき、食事を始めた。とはいえ、正岡の家で清吉の世話を焼いていた千鶴は、隣の一之助が気になって仕方がない。

「一之助くん、ご飯粒ついてますよ」

彼の頬に麦飯がついているのに気づいた千鶴は、思わず微笑《ほほえ》み、それを取ってやった。

「おいしいね」

そして声をかけると、一之助は少し驚いた様子だったが、コクンとうなずく。

それ以降は沈黙が訪れたものの、「千鶴は」と唐突に八雲が口を開いた。

「美しい食べ方をするのだな」

「えっ……。ありがとうございます」

こうした所作は、正岡家でしつけられたもの。いくら使用人として働くようになっても一度身についたものは抜けなかった。

「一之助、教えてもらいなさい」

「はい！」

元気に返事をする一之助が弾《はじ》けた笑みを見せるので、千鶴はほっこりした気持ちになる。つい数時間前まで死を覚悟していたというのに、これほど穏やかな気持ちで卵焼きを口に運べているのが信じられないくらいだ。

食事が済んだあと浅彦が食器を片付けようとするので、その役割を千鶴が買って出た。すると一之助もついてきて、井戸の使い方を教え始める。浅彦は買い物に行くと出ていった。

「一之助くん。ここって人間の住む世界とは違うのかしら？」

白無垢で訪れた神社についてくわしくは知らないけれど、奥に死神の屋敷があるなんて聞いたこともない。昨晩は月明かりを頼りながら八雲に続いて歩いた千鶴だったが、八雲に手をつながれたあと空気が変わったかのようにも感じた。

「うん。でも、つながってる。八雲さまや浅彦さまがあっちに行きたいときだけつながるの」

茶碗《ちゃわん》洗いを手伝う一之助は無邪気に言う。

「そっか。それじゃあ人間が来たくても来られないわけね」

「そう。だから安心」

人間の幼い子が、人間ではなく死神の世界にいて〝安心〟と口にするのが、千鶴には不思議だった。なにかわけがあるのかもしれない。

洗い物が済んだあとは洗濯にいそしんだ。一之助に洗濯物の場所を尋ねたら、浴衣が山のように積んであったのだ。

大量の洗濯を終えて、裏庭に干し始める。どうやらここは人間の世界とは異なるようだが、太陽は同じように昇り、植物も育っている。

「千鶴さま！」

半分くらい干し終えたところで、驚いたような浅彦の声が聞こえてきたため顔を向けた。

「は、はい」

「もしや井戸の水で洗ってくださったのですか？」

「そうですけど……」

いけなかっただろうか。死神の世界にはなにか決まりごとでもあるの？　と千鶴が考えていると、「お冷たかったでしょう？」と尋ねられて、心配されていると知った。

三条家では寒空の下、毎日の仕事だったため今さら苦でもない。しかし、冷たい水にさらされてきた千鶴の手は荒れている。

「このくらい平気ですよ」

「お湯を沸かして使っていただければよかったのに。一之助はやったことがないので、そこまでお教えできずすみません」

千鶴は水仕事をこれ以上一之助に手伝わせるのが不憫《ふびん》で部屋に戻したが、浅彦も手伝わせてはいなかったとわかり、一之助が大切に扱われていると安心する。

「とんでもないです。でも、こんなにためてはいけませんよ？」

「はぁ……。どうも洗濯は億劫《おっくう》で」

浅彦はバツの悪そうな顔で溜息をつく。死神でも、こうした感覚はまるで人間だ。

「あとは干しておきます。千鶴さま、お気に召すかわかりませんが、着物と身の回りのものをそろえてまいりましたので、着替えてください」

「買い物って、私のためでしたの？」

「食材も買ってきましたよ」

微笑む浅彦は、「どうぞ」と促す。

「ありがとうございます。どうしましょう。迷惑しかけられません、私」

死ぬつもりで勝手に押しかけたのに、気遣われてばかりの千鶴は動揺していた。

「一之助が、笑ったんです」

「笑った？」

「はい。今までにこりともしなかったのに、千鶴さまがここに来られてあっという間でした。それで十分ですよ」

にこりともしなかった？

もうすでに一之助の笑みを何度も目撃している千鶴はびっくりしたが、同時にうれしさもこみ上げてきた。自分の存在が、一之助の心を穏やかにしているかもしれないと思ったら、光栄だったのだ。

浅彦と別れたあと、昨晩眠った部屋で、春の訪れを思わせるような淡紅色の着物を纏い、添えられていたつげの櫛《くし》で髪を結った。

片隅の机の上には、三条家を出る際にみつからはなむけにもらった椿の花が、水を張った湯呑に活《い》けてある。

千鶴はその椿の花びらにそっと触れた。

「みつさん、私はまだ生きられるようです。どうしたらいいんでしょうね」

八雲が自分を必要としていないとわかり、しかも生贄があろうがなかろうが、人々の死期が決まっていると知った今、ここにいる理由はない。かといって、三条家に戻れば、役目を果たさなかったと折檻《せっかん》される可能性もある。それに、死神台帳の話など信じてもらえそうになく、代わりに別の誰かが生贄に仕立てられ、あれほど苦しい時間を過ごすことになると思うといたたまれない。

どうしたらいいのかわからなかったが、とにかくひと晩お世話になったお礼をしなければと考え、再び部屋を出た。すると、廊下に八雲が姿を現した。

「お着物をありがとうございました」

「それくらいはなんでもない」

八雲は千鶴の頭から足先まで視線を移して答える。

「それと、昨晩は本当に申し訳ございませんでした。八雲さまをやみくもに悪《あ》しき存在だと思い込んでいて……」

深く腰を折り、謝罪をする。

「私を悪者にしているのはお前ではないだろう？　それより、ついてまいれ」

「はい」

昨日の無礼などまったく気にもとめていないような八雲は、踵《きびす》を返して歩き始めた。

千鶴がそのうしろをついていくと、十二畳ほどの部屋に入る。

ここは八雲の部屋なのだろうか。当主の部屋にしては、隅に机がひとつと行灯《あんどん》があるだけで、実に殺風景だった。

部屋の中心で胡坐《あぐら》をかいた八雲は、昨晩の組紐を差し出してくる。

「あの……」

「髪を結うのだろう？」

「……はい」

思いがけない八雲の言葉に驚いたものの、その組紐を預かり背後に回った。

「失礼、します」

緊張気味の千鶴が髪に手を伸ばした瞬間、「ただし」と八雲が話し始めた。

「お前は死なん。だからこの組紐を見ても、なんとも思わぬ」

「……はい」

ぶっきらぼうな言い方ではあったが、八雲が自分を安心させようとしているのだと千鶴は気づき、胸がいっぱいになる。

八雲の髪は結いにくいほどさらさらだったが、心を込めてひとつにまとめ、組紐で結んだ。

「先ほど浅彦さんからつげの櫛をいただきましたので、あとで結い直させてください」

やはり櫛を使ったほうが仕上がりがいい。

「ならば、毎朝の千鶴の仕事にしよう」

「えっ……？」

「行くところがないのだろう？」

すぐさま出ていけと命じられてもおかしくはないのに、まるで困惑していた心の中を見透かしたような八雲の発言に、千鶴は仰天し絶句した。

「私は人間は好かぬし、愛をささやくことにも婚姻などという習慣にも興味はない。余計な期待はするな」

くぎを刺す八雲だったが、発言の内容とは裏腹に声音は優しい。

「もちろんです。私、本当にここにいてもよろしいのですか？」

「一之助が笑ったのだ」

浅彦と同じ発言をする八雲に、自然と笑みがこぼれる。なにか理由があるようだけど、人間の一之助を慈しみ育てているのが伝わってきたからだ。

「ありがとうございます。それではもっと一之助くんを笑顔にしなければ」

「あぁ、頼んだぞ。一之助がお前を探していた。浅彦の手伝いはいいから、行ってやってくれ」

「はい」

千鶴は感謝を込めて首を垂れてから、八雲の部屋を出た。

それから十日。死神との生活という、信じられないような経験をしている千鶴だったが、意外にも快適で楽しく過ごしている。

一之助はいつもそばにいたがり、千鶴が廊下の雑巾がけを始めると自分も雑巾を持ってきて隣を同じように走った。

「はぁ、一之助くんは元気だなぁ。もうついて行けないわ」

少し手を抜いた千鶴は、長い廊下の端に先にたどり着いた一之助を褒める。すると彼は、白い歯を見せた。

「千鶴さま、もう一度」

「こら、一之助。千鶴さまを疲れさすではない。私が代わろう」

姿を現した浅彦が千鶴から雑巾を取り上げようとしたものの、一之助は険しい顔。

「千鶴さまがいいのです！」

「嫌われたか……」

一之助は決して浅彦を嫌っているわけではない。ただ、どうやら母親の存在を求めているような一之助は、まるで母のように甲斐甲斐《かいがい》しく世話を焼く千鶴にべったりなのだ。

浅彦曰《いわ》く、千鶴が来るまで自分でできていたこともしなくなり、甘えてばかりだとか。着物をわざと着崩して千鶴に帯を締め直してとせがむのもしばしばだったが、まだ幼い一之助を千鶴は甘やかしていた。

「千鶴さま。本日は少し立て込んでおりますので、かなり時間がかかると思います。一之助をお願いできますか？」

「承知しました」

八雲と浅彦は毎晩のように出かける。それは命の期限が来た人がそれだけいる証だ。ふたりが出かけるたびに千鶴の胸は痛んだものの、八雲が死を誘っているわけではないと聞いたので、取り乱しもしなかった。

立て込んでいるというのは、大勢に印をつけに行くということだろう。どうやら死神は他にもいて、八雲は小石川周辺の台帳を預かっているだけらしいのだが、千鶴の想像以上に忙しくしていた。

毎晩、風呂から上がった八雲の部屋に呼ばれる。八雲はいつも仕事に行く際、千鶴を呼んで髪を結い直させるようになった。

浅彦がくれたつげの櫛で八雲の長い髪を梳《す》くと、もともと艶のある髪がいっそう輝く。

「痛くはございませんか？」

「あぁ、大丈夫だ」

「できました」

結び終わり八雲がうしろを振り向くと、至近距離で視線が絡まり合い、千鶴の心臓がなぜかドクッと大きく跳ねる。しかし八雲はなんでもないようで、かすかに目を細めて「ありがとう」とお礼を口にした。

「こ、今晩はお忙しいと聞きましたが……」

「そうだな。何時に戻れるかわからない。そろそろ行かねば」

八雲が立ち上がったので、千鶴は玄関まで見送りに向かう。

「行ってらっしゃいませ」

式台に正座をして手をつき、丁寧にふたりを送り出す。すると八雲は千鶴をじっと見つめて口を開いた。

「お前は私がこれからなにをしに行くのか知っているな？」

「はい」

「怖くはないのか？」

八雲は千鶴に確認するように尋ねる。来たばかりのときは怖いと素直に気持ちを吐き出したが、同じ質問に首を横に振った。

「怖くなどありません。八雲さまのおかげで人間は黄泉に旅立てます。死は悲しい出来事ですが、魂が黄泉に行けずに悪霊になるのはもっと悲しい。私たち人間の魂がさまよわないようにしてくださる八雲さまを恐れなどしません」

千鶴が迷いなく言いきると八雲は目を見開き、そしてかすかに表情を緩める。

「そう、か……」

「お帰りをお待ちしております」

千鶴の言葉に八雲は「あぁ」とだけ言い残して颯爽《さっそう》と出ていき、浅彦は「行ってまいります」と頭を下げてから去った。

ふたりを柱の陰から見送る一之助に気づいた千鶴は、そばまで歩み寄り膝をつく。

「一之助くん、いつもひとりだったのね。寂しかったでしょう？」

八雲と浅彦はふたりにしかできない仕事をしに行くのだから止められないが、大きな屋敷に夜間ひとりで取り残されていた一之助を思うと、胸が痛い。

問うと、一之助はなにも言わずに千鶴に抱きついた。

「私でよければそばにいますよ」

「どこにも行かない？」

「はい」

千鶴とて帰る場所がないのだ。

「痛くしない？」

「痛く？」

次に一之助が意味のわからない言葉を吐いたので問いただしたけれど、一之助は口を閉ざしてなにも発しなかった。

その晩、一之助が寝付いたのを確認してから千鶴は玄関へと向かった。八雲たちが仕事に行く晩は毎日こうしているのだ。

浅彦に寝ているようにと言いつけられてはいるけれど、ふたりが人間のために大切な任務を遂行しているというのに、そういうわけにもいかない。せめてきちんとお出迎えしたいと思っていた。

今日は遅くなると知らされているため、千鶴はあらかじめ浅彦がそろえてくれた羽織を持ち、玄関に向かう。

玄関を入ってすぐの立派な柱には、振り子時計がかかっている。どうやら八雲と浅彦は感覚で時間が把握できるようだが、一之助は無理なので浅彦が手に入れてきたらしい。

今までは一之助を寝かしつけたあと、風呂掃除などをしてから玄関で待っていると、遅くとも時計の長針が二回りするくらいの間には戻っていた。しかし今日は三回りしてもまったく気配がない。そのうち、一之助と全力で遊んで疲れていた千鶴は、壁にもたれてうとうとしてしまった。

「はっ……」

千鶴が目覚めたのは、翌朝、東の空がうっすらと明らんだ頃のことだった。玄関で八雲たちの帰りを待っていたはずなのに布団に寝ている……ばかりか、隣に八雲の整った顔があって、息が止まる。

なに？　どうして？

激しく混乱した千鶴だったが、深く眠っている八雲の脚が自分のそれに絡まっていて安易に動けない。彼を起こしたくなかったのだ。

長く艶のある髪はほどかれていて、彼の頬にかかっている。形の整った唇とその右下の小さな黒子が妙な色香を放っていて、男性なのに美しいという形容詞がぴったりだなと千鶴は一瞬見惚《みと》れた。

とはいえ、このままじっとしているなんて……と、焦っていると、八雲の長いまつ毛がかすかに動き、ゆっくりと目が開いていく。

「起きたのか」

「は、はいっ」

すさまじい勢いで飛び起きて布団から這《は》い出た千鶴は、慌てすぎてまくれた浴衣の裾を直し、畳に正座する。

「も、申し訳ございません」

見惚れている場合ではない。もしや寝ぼけて八雲の布団に入り込んだのでは？　と自分を疑い平謝りした。

「なにを慌てている。ここに連れてきたのは私だ」

八雲が布団をよけると、乱れた襟元から意外にもがっしりとした体躯が見えてしまい、目を不自然にそらす。

「な、なぜでしょう？」

「それは私の台詞《せりふ》だ。なぜあんなに冷える玄関で眠っていたのだ？」

それを聞き、眠っていた自分を八雲が運んでくれたと知った。それにしても、気づかないほどぐっすり眠っていたとは驚きだ。毎晩のように玄関で待っているので、睡眠が足りていなかったのかもしれない。

「八雲さまと、浅彦さまのお戻りをお待ちしておりました」

正直に告げれば、八雲の目が大きくなる。

「今までも、戻ると玄関で待ち構えたように出迎えてくれたのは、もしやいつも玄関で待機していたのか？」

「そうです」

千鶴の告白に、八雲はあんぐり口を開けた。

「足音を聞きつけて出てきていたのではないのか?」

「はい。ご迷惑でしたでしょうか」

「迷惑ではないが……。寝ているようにと言ってあるはずだ」

焦った様子で念を押す八雲が、千鶴には不思議だった。

「浅彦さんからもそう。ですが、八雲さまは私たち人間のために、とてもつらいお仕事を引き受けてくださっているのですから、私だけのうのうと眠っているわけにはまいりません」

「つらい?」

八雲は首を傾げている。

「いくら台帳に記された命の期限とはいえ、それまであった存在がなくなるのは胸が張り裂けそうになるほど痛むのが普通です。ましてや八雲さまは、それを知らしめにいくという恨まれ役を買って出てくださっています」

おそらく八雲は、魂を黄泉に導いて忌み嫌われはしても、感謝された経験などないはずだ。

「仕事とはいえ、八雲さまもおつらいのでは? 命の最期に立ち会うのも、人々に嫌悪の感情をぶつけられるのも」

「つらい、のか……」

八雲は初めて自分の気持ちに気づいたかのように漏らした。

「人間は、死神さまの役割を知りません。そのため罵りの言葉も飛び出すでしょう。実際私も、八雲さまとお話しするまでは、恐ろしい存在だと震えておりましたし。ですが、そうした負の言葉ばかり浴びていると、誰しも心が傷つくものです」

千鶴は三条家での不二やひさの侮蔑の言葉を思い出していた。ふたりは、自分たちを見下していた旧華族の一員であった自分をなじるのが楽しくてたまらないという様子だった。

無論、千鶴自身は身分の違いで誰かをさげすんだりするような経験はなく、完全なるとばっちり。しかし、そうした態度を取る旧華族がいるのは知っていたため、甘んじて受け入れていた。とはいえ、傷つかなかったわけではない。

「八雲さまは、私たち人間の魂を悪霊にしないために、毎日のようにその痛みと闘っていらっしゃる。私にはなにもできませんが、八雲さまの胸の痛みに寄り添えないかと」

「千鶴……」

唖然《あぜん》とした表情を浮かべる八雲は、千鶴を凝視している。

「そのように考えたことはなかった。死神としての使命をこなすのも、人に嫌悪されるのも当然だと考えていた。人間の浅はかさに腹が立つことはあれど、つらいなどとは……」

「八雲さまが携わられているのは、とても立派なお仕事なのです。ですから嫌われるのが当然など、本来おかしな話。でも、どうしたら人間に死神さまの役割を理解してもらえるのか、私にはわからず……」

思いを口にすると、八雲は首を横に振る。

「千鶴が苦しむ必要はない。お前がそのように心配してくれるだけで十分だ」

八雲の言葉にうなずく。

「千鶴」

「はい」

優しい声色で名前を呼ばれた千鶴は、姿勢を正した。

「このままここにいて後悔しないか？　長くいたら、あちらの世界でのお前の居場所がなくなってしまうぞ」

「後悔などしません。もう居場所はございませんから」

戻ったとて歓迎されぬと、千鶴が一番よくわかっている。

「それに、そもそも死ぬ覚悟で来たのです。お優しい八雲さまのそばでこうして生きていられるだけで幸せです」

「そう、か……」

八雲は納得したのかしていないのか、少し困った顔をする。

「しかし、もう玄関で眠ってはならん。あまりに体が冷えていて、布団に寝かせるだけでは体温が戻りそうになかった」

だから一緒に眠って温めていたのだと合点がいった。

「申し訳ありません」

千鶴の気持ちは、しかと受け取った。頼むから布団で待ってくれ」

千鶴は八雲の過保護な言葉に驚きつつ、つい先日まで恐れていた彼にこれほど優しくされるのがありがたかった。

「それが八雲さまの命なら、聞かねばなりませんね」

「そうだ。死神をはらはらさせるでない」

「かしこまりました」

千鶴が笑顔を作ると、八雲は満足そうにうなずいた。

黄泉《よみ》への導き

千鶴が屋敷に来て、はやひと月半。ここにも人間の世界と同じように季節があり、庭にある桜のつぼみが膨らみ始めている。

千鶴は三条家にいたときのように、掃除に洗濯、そして食事作りと忙しく働いていた。浅彦には自分がやるからと止められるものの、見習いであっても夜になると八雲に必ず付き添って出ていくため、彼の負担を減らしたかったのだ。

しかも家事をするのは嫌いではない。八雲と浅彦は本来食事がいらないとはいえ味は認識できるし好きなようで、自分の作った料理を「おいしい」と食べてもらえるのが千鶴はうれしかった。

八雲たちの仕事は一時期よりぐんと減少した。毎晩何人もの死にゆく人々に印をつけて回るような状態が続いていたが、人の世に赴かなくていい日も増えてきている。それも小石川周辺の流行風邪がほぼ終息し、命を落とす者が減っているからだと浅彦が話していた。死期は生まれた瞬間に決められるため、流行風邪で亡くなるのは決まっていたことではあるのだけれど。

「一之助くん、ちょっとひとりで遊んでいてくれないかしら」

一之助はますます千鶴になつき、片時も離れない。しかも、遊んでほしいとねだるので、庭の掃除が進まないのだ。

「あとで浅彦さまが掃除をすればいいの！」

庭の掃き掃除をしていた千鶴から竹ぼうきをすっと奪った一之助は、それをポーンと投げてしまう。

「一之助くん、物は大切にしないといけません」

最近少しわがままがすぎると感じた千鶴は、だめなものはだめだと叱る。

「でも、千鶴さまが遊んでくれないから！」

「八雲さまも浅彦さんも、昨晩はお出かけになってお休みになっているでしょう？」

と口にしたところで、ハッとした。自分がここに来るまで、一之助はひとりでどうしていたのだろう。

死神は睡眠時間が短くてもなんともないようだけど、まったくなしというわけにはいかないようだ。そのため、夜出かければ昼間に睡眠をとることになる。けれども人間の一之助は、当然夜間眠って昼は起きているのだ。

寂しいからか……。

まだ幼いのに家族もおらず、一緒に遊べる友人もいない。千鶴は一之助がわがままを言う理由はこれだと推測した。八雲と浅彦が仕事に出かける夜間は、いつもひとりで心細かっただろうと感じていたが、昼間も同じ。孤独だったのだと。

そういえば、どうしてここで育てられているのだろう。

千鶴はふと考える。以前浅彦に尋ねたが、『いろいろあって』とはぐらかされた。そのときに触れられたくないのだと感じて、それからは聞いていない。

「ごめんね。わかった。掃除はあとにして遊ぼうか」

「うん！」

一之助は千鶴の提案に、鼻息を荒くして大喜びした。

そんな一之助の事情がわかったのは、ちょうど桜が満開になった日のことだった。

「千鶴さま」

その晩、一之助を寝かしつけた千鶴は自室に戻る途中で、儀式がないため部屋でゆっくりしていると思っていた浅彦に呼び止められた。

「なんでしょう？」

「八雲さまが、ご相談があると。部屋までいらしていただけませんか？」

このようなことは初めてなので、緊張が走る。そもそも八雲が自分に相談などあるのが不思議でたまらない。

浅彦に続いて八雲の部屋に向かうと、八雲は机の前で放心していた。風呂上がりのせいか千鶴が結っている髪は下ろされていて、肌がほんのり赤らんでいる。

「千鶴さまをお連れしました」

「あぁ」

短い返事をした八雲は千鶴に視線を合わせて「座れ」と促す。その場で正座をすると、浅彦も少しうしろに腰を下ろした。

「あの……なにか？　お食事、お口に合わないですか？」

浅彦に声をかけられてから呼ばれる理由をあれこれ考えたが、それくらいしか思いつかない。

「いや、うまいぞ。浅彦のものとは比べものにならぬくらい」

「よかった。……って、浅彦さんの料理もおいしいですよ」

時々焦げているし、甘すぎたり辛すぎたりもするけれど、一之助への愛情が込められた料理は心にしみる。最近は千鶴が調理をするようになったので、浅彦も手伝い程度なのだけど。

「恐縮です。八雲さまは千鶴さまのようなお優しさが足りませんよ」

浅彦は冗談を言っているが、心なしか声が沈んでいる。

「なぜ浅彦に優しくする必要があるのだ。それで、千鶴」

八雲は浴衣の襟元を正した。

「実はとある女の死期が迫っていて、明日にも印をつけに行かねばならぬ」

「はい」

物々しい雰囲気に、千鶴の背筋は自然と伸びた。

「その女というのが……一之助の母なのだ」

「えっ……」

千鶴は頭が真っ白になった。

わけあってこの屋敷に滞在している一之助は、もしかしたら両親がいないのではと推察していたが違ったらしい。けれども母の存在を知った途端、その命の期限が迫っているとは複雑だ。

「私もこのような事例は初めてで、どうしたものかと考えあぐねている。通常、台帳に載っている死期をその者の家族に伝えるようなことはしない。ただ、一之助は私のしている行為を承知しているし、あとで母の死を知ったらどう思うのかと心配なのだ」

一之助は幼いながらも、人の死は生と一対になって決まっているものだと理解しているはずだ。しかも、八雲がその死期をあらかじめ把握しているのもわかっている。黙って母に印をつけるのも可能だけれど、教えられなかったとあとで知ったら、八雲たちに不信感が募るかもしれない。

千鶴はそんなふうに考えていた。

「一之助はお前になついている。一之助の気持ちが一番わかるのではないかと。もし千鶴が私の立場だったらどうする？」

八雲の質問に回答するのは実に難しい。

「あの……。一之助くんはどうしてお母さまと離れてここにいるのです？　私はすでに亡くなっているものだとばかり思っておりました」

そこを聞かなければ答えられないと、質問をする。

「それについては私からお話ししましょう」

浅彦が千鶴の横に移動してきて口を開いた。

「一之助は、千鶴さまがここにいらっしゃる一年ほど前の雪の降る寒い日に、八雲さまと私が儀式のために訪れた家の近くで見つけました。一之助は寒空の下、薄い着物一枚で草履も履かず、顔は赤く腫れていました」

「それって……」

千鶴の背筋が凍った。一之助は折檻されていたのだろうか。

「はい。一之助の父は商売上手で人当たりもよく、かなり稼ぎもありました。しかし、経済的に潤うと大酒を飲むようになってしまったのです。しかも酒癖が悪く、暴力を振るうようになり……。母はその夫に、まだ意志の疎通がうまくできず泣く一之助をおとなしくさせろと殴られ、仕方なく一之助に手を上げるようになりました」

「そんな」

一之助に、『痛くしない？』と意味深長な言葉を投げかけられたことがあったが、だからだったのだと腑《ふ》に落ちた。

「殴られれば、ますます一之助は泣きます。父はそれに嫌気がさしたらしく、囲っていた女に別宅を買い与えてそこで暮らす時間が次第に増えていったようで」

「なんて勝手な」

千鶴は沸々と沸き起こる怒りに、唇を噛みしめた。

「母は女がいることに勘づいていたようですが、もともと貧しい農村の出でしたので、離縁してひとりで一之助を育てるという決心がつかなかったのでしょう。夫の言いなりで一之助を折檻し、彼女自身も夫に殴られて時折顔を腫らしていたとか」

「ひどい」

「はい。ときには料理がまずいと夫に皿で殴られ、頭から血を流していたところを近所の者に助けられたこともあったそうです。一之助もまた、酔った父に蹴とばされて骨を折ったのも一度や二度ではなく……」

浅彦は話しながら顔をゆがめる。

どんどん弱い者にしわ寄せが行ったのだと知った千鶴は、あまりに残酷な運命に驚愕し、眉をひそめた。

「母が追い詰められていたのはたしかですが、一之助への仕打ちは決して許されるべきではありません。一之助は父からも母からも暴力で押さえつけられて誰にも守ってもらえず、魂が抜けたように目はうつろ。死んだも同然のような状態なのに、台帳に記された命の期限はずっと先でした」

話を聞きますます苦しくなった千鶴は、胸を押さえる。爵位返上となり三条家で不二やひさになじられてはいたけれど、一之助に比べたらなんてことはなかった。

「千鶴。大丈夫か？」

「はい」

八雲が心配そうに口を挟むと、千鶴は必死に涙をこらえながらうなずいた。

「一之助は、肉体は生きているのに心は死にかけていた。この先もずっと殴られ続けて生きるのだろうかと考えたら、手を差し出していた」

浅彦に代わった八雲は、苦しげに言葉を吐き出す。

「人は死を恐れるが、生きていても地獄はあるのだ」

八雲は大きな溜息をついた。

それから誰もなにも発しなかった。ただ、こらえきれなくなった千鶴のすすり泣く音だけが部屋に響いていた。

「八雲さま。一之助くんを救ってくださって、ありがとうございます」

しばらく嗚咽《おえつ》していた千鶴は、涙でぐしゃぐしゃになった顔のまま畳に頭をこすりつける。

「千鶴。お前が礼を言う必要はない」

八雲が千鶴に近づき肩に手をかけると、浅彦はそっと部屋を出ていく。

「私も浅彦も、一之助を救いたかったのだ。他にも両親に殴られている子を知っていた。しかし、一之助が『死神さま、早く僕を迎えに来て』と唱えたとき、たまらなく心が痛んだ」

なんと切ない訴えなのだろう。

再び大粒の涙をこぼし始めた千鶴の頬を、八雲はそっと拭う。

「子というものは、本来生命力あふれる存在なのだ。折檻されても、どう生きていこうかと考えるのが普通。しかし一之助は、死しか見ていなかった。だからだろうか。とっさに助けなければと思ったのだ。人に死をもたらす死神風情がそのような感情を持つのはおかしいだろう？」

八雲は自嘲気味に吐き捨てるが、千鶴は首を横に振る。

「八雲さまが死をもたらすわけではございません。私……八雲さまの強さを改めて思い知りました。それほど優しい心をお持ちなのに、悪役に甘んじていらっしゃるなんて」

やはり八雲の心は傷だらけなのではないかと感じた。

「私はいい。千鶴。お前を巻き込んですまない」

八雲は泣きじゃくる千鶴を優しく抱き寄せる。するとその長い髪が千鶴の肩にはらりとかかった。

「一之助くんがかわいそうで……」

「あぁ」

「でも、このままお母さまの死を知らずに生きていくのも残酷な気がします」

もしかしたら、一之助はもう母のことなど知りたくないかもしれない。ただ、自分になつく彼を見ていると、心の中では母のぬくもりのようなものを求めている気がしてならないのだ。

「気になって浅彦にその後を追わせていたのだが、どうやら一之助がいなくなったと知り、母は父と離縁したようだ。一之助を失い、ようやく自分の過ちに気づいたのだろう。一番大切なのは一之助だったと」

「それでは、お母さまは折檻したのを後悔しているのですね？」

「そうだ」

その点のみ救われると安堵した。

少し落ち着きを取り戻した千鶴は、八雲から離れたあと再び口を開く。

「お母さまは、どのように最期をお迎えになるのでしょう」

「胃を癌《がん》という病に蝕《むしば》まれている。しかし、医者にかかる金がなく本人は知らない」

小石川にやっかいな風邪が蔓延したときも、経済的な理由で医者にかかれず命を落とした者は多数いる。死期はあらかじめ決まっているのだから、それがその人の命の期限ではあったのだろうけど、手を尽くせず亡くなるのは無念なはずだ。死に抗《あらが》いたいと思うのが普通だから。

「そう、ですか」

「母は病で苦しいのは一之助をぞんざいに扱った罰だと思っているようだ」

それを聞き、先ほどの答えが決まった。

「八雲さま。一之助くんにお母さまの死期を伝えませんか？　そしてできれば、最期に会うか会わないかを彼に決めさせてあげられないでしょうか」

「一之助に？」

怪訝な声を出す八雲に、千鶴は大きくうなずいてみせる。

「もちろん、一之助くんが拒否するなら無理強いする必要はありません。ただ、会いたいと思う権利も彼にはあります。いくら夫に暴力を振るわれていたとはいえ、本来守るべき我が子に手を上げるなど、言語道断。ですが、ほんのわずかでも一之助くんが母親というものを欲しているならば、彼がどうするかを決めるべきかと」

母の魂が黄泉に行ってから後悔しても遅い。

このような決断を幼い子にさせるには無理があるかもしれないが、そこは直感でいい気がした。

「なるほど、その通りだな。一之助の意思を尊重しよう」

八雲は千鶴の発言に同意の相槌《あいづち》を打つ。

「もし一之助があちらに行きたいと言ったら、千鶴も一緒に赴いてはくれないか？」

「もちろんです」

はっきりと答えた千鶴の目に、もう涙はなかった。

翌日。空に星が瞬き始めた頃、八雲たち四人は人の住む世界へ向かった。

母の死期が近いことは、今朝、八雲の口から一之助に伝えられた。一之助は当初顔色ひとつ変えず耳を傾けていたが、しばらくすると立ち会った千鶴の膝にすがりつき泣き始めた。

母に会いたいかどうかわからないとこぼす一之助に、それならばそばに行って思ったままに振る舞えばいいと八雲は促した。

千鶴も人の世に戻ったのは久しぶりだったが、表情をこわばらせてギュッと手を握ってくる一之助が心配で、懐かしむ余裕はない。

「一之助。つらかったら帰ってもかまわない。千鶴がそばにいてくれる」

一之助は八雲の助言に返事もしない。いや、しないのではなくできないのだ。緊張で顔が引きつっていた。

一之助の母の住む家は今にも傾きそうな粗末な長屋で、今は人の気配すらない。八雲はとある戸の前に立ち、うしろをついてくる一之助にチラリと視線を送った。

「ここだ。入るぞ。浅彦と手をつなげ」

どうやって家屋に入るのかと思っていると、八雲は閉まった扉をすり抜けた。浅彦と手をつないだ一之助も、そして彼と手をつないでいる千鶴も同じように。

不思議な体験ではあったけれど、驚いている暇はない。ところどころ破れた障子の穴から、一之助の母が横たわっているのが見えたからだ。

「うぅぅ」

低いうなり声に、一之助の顔はゆがむ。

再び一之助の様子をうかがった八雲は、今度は障子を手で開けて部屋に足を踏み入れた。部屋には薄暗い明かりが灯ってはいたが、四畳半の狭い部屋の片隅には小さなちゃぶ台があるだけで、生活の苦しさが見て取れた。

これまた古びた夜具に横たわり、苦しげに顔をゆがめて目を閉じている母は、眠っているのだろうか。頬がこけ唇が真っ青で、最期のときが近いとひと目でわかるほどだ。

「母さま？」

小声でつぶやいた一之助だったが眉をひそめるだけで近づこうとはせず、膝をついた千鶴に抱きつき顔をうずめたまま離れなくなる。

元気だった頃の母の面影はないのだろう。いくら死神のもとで暮らしているといっても、一之助は死の儀式にはまったく無関係だ。誰かが死にゆく瞬間を目撃した経験もないだろうし、ましてや自分の母の変わり果てた姿は衝撃だったかもしれない。

やはり、連れてこないほうがよかっただろうか。

誰もがそう感じていた。

「一之助、もうよい。浅彦、連れて帰――」

「一之助？」

八雲の発言に反応した母は、荒い呼吸を繰り返しながらもまぶたを持ち上げる。

「一之助？」

そしてもう一度たしかにそう言った。

すると千鶴にしがみついたままの一之助は、おそるおそる母のほうに顔を向ける。

「一之助、なのね？　あぁぁ、一之助……。生きていてくれたのね」

渾身《こんしん》の力を振り絞り起き上がった母は、八雲たちには目もくれず、一之助をまっすぐ見つめたあとその場に正座をして頭を下げる。

「私の顔なんて見たくないわよね。でも、安心して。私はもうすぐお迎えが来るわ」

「嫌」

千鶴の耳が一之助のとても小さな拒否の声をとらえた。

「私はお父さまが好きだったの。優しくて頼もしくて……私を大切にしてくれたわ。でも、商売が成功してから変わってしまった。酒を浴びるように飲み始めておかしくなった」

呼吸が苦しいのかところどころ声はかすれるが、母の声はしっかり一之助まで届いている。

「お酒が入ったお父さまはいつもとは打って変わって暴力的で、あなたが少し泣こうものなら容赦なく頬をぶった。最初はかばっていたけれど、私も意識を失うほど殴られてから、もう抵抗できなくなった。それからは、言われるままにあなたを……うぅっ」

嗚咽を漏らす母を一之助は複雑な顔で見ている。

「あなたを連れて逃げればよかったのに、どうしてもできなかった。お父さまに捨てられたら生きていけないと思い込んでいたの。捨てられるのが怖かった」

ポロポロ涙をこぼしながら感情を吐露する母に、八雲は厳しい目を向ける。

「それは、お前の勝手な言い草だ。手を上げた父が悪いのは当然として、お前も同罪だ。一之助がなにをした。一之助は絶望を知るために生まれてきたのではない。お前をひたすら信じ、救いの手が差し伸べられるのを待ち望んでいたのだ。それなのに、いつしか死を願うことしかできなくなった。どれだけ一之助が苦しんだか……」

八雲は怒りを纏った声を吐き出し、拳を握る。千鶴の腕の中の一之助は、小刻みに震えだした。

「その通りでございます。私は取り返しのつかないことを……」

母は布団に突っ伏して号泣し始める。すると一之助は、千鶴に強くしがみついてきた。

「あ、あなたさまが一之助を助けてくださったんですか?」

胸のあたりをかきむしりながら必死に顔を上げる母は、八雲に問う。

「私は死神。一之助は私のもとで暮らしている」

それを聞いた母は目を瞠る。

「死神、さま? 一之助は死んだのですか? そこにいるのはまぼろし?」

「いや、生きている。死期が来たのはお前だ。私はお前に同情などせぬ。自分の愚かな行為を後悔しながら逝け」

残酷な現実をさらりと突きつけた八雲の声には怒気がにじんでいる。夫に言われるがままに一之助を傷つけた浅はかな母を許せないのだ。しかし、その気持ちは当然だと千鶴も思う。

「そう、ですか。生きていてよかった。こんな母でごめんね。ごめんね、一之助」

何度も何度も謝罪を繰り返す母は、そのあと小声で続ける。

「……私はようやく逝けるのですね」

まるで死を望んでいたかのような言い方に、千鶴は驚いた。

「一之助。母を許してくれとは言わない。むしろ一生恨み続けてほしい。でも、お願い。死神さまのもとでもなんでもいい。どうかあなたは幸せに生きて」

母は千鶴にしがみつき顔を隠してしまった一之助の背中に必死に訴えかける。

「あなたも、死神さまですか？」

次に母は千鶴にも尋ねる。

「いえ、私は……」

「彼女は死神ではない。一之助の母親代わりをしている」

八雲が伝えると、母は再び涙をあふれさせる。

「あぁ、よかった。私のところにいるより、ずっと幸せに暮らしているのね」

「違う……」

千鶴は思わずこぼした。

暴力に傷つかなくなっても、八雲や浅彦、そして自分が一之助の親代わりをできても、一之助の一番の幸せは本当の母に愛されることだと思ったのだ。

「私は天罰が下るのをずっと待っていたの。もう母は逝くから、あなたは立派に大きくなるのよ」

千鶴は自分の着物の襟元が濡《ぬ》れてきたのを感じていた。一之助が声をこらえて泣いているのだ。

このままでいいの？

千鶴が焦りを感じるのは、母の呼吸が次第に荒くなっていくからだ。もしかしたら朝まで持たず、八雲は今すぐにでも印をつけるかもしれない。

「一之助くん。お母さまが憎いなら恨んでもいい。許す必要もない。あなたはつらい思いをしてきたのだから、当然よ」

千鶴が一之助を抱きしめたまま話し始めると、八雲は心配そうに一之助を見つめている。

「でもね、あなたのお母さまなの。愛してほしい、抱きしめてほしいと叫ぶ権利もあるの」

その言葉を聞いた一之助は、かすかに身じろぎする。

「愛されたかった、わよね」

千鶴が震える声を振り絞った瞬間、八雲は驚いたように目を大きくし、一之助は千鶴から離れて振り返った。

「母……さま」

「一之助」

肩を大きく揺らして呼吸をしている母だったが、一之助を呼ぶ声ははっきりとしていて、たちまち顔がゆがむ。

「母さまの馬鹿」

一之助はそう言いながら母の懐に飛び込んでいく。もう体力のない母は一瞬のけぞりそうになったものの、その腕に一之助をしっかりと抱いた。

「痛かった」

「ごめん……」

「怖かった」

「そうよね。ひどい母ね」

「でも、大好き」

母は嗚咽を隠そうとせず、流れ出る涙は止まる気配もない。ポタポタと一之助の着物に落ちて吸い込まれていく。

「一之助……母も大好きよ。あなたを誰よりも愛してる。それなのに、ぶったりして……。育ててあげられなくてごめんなさい。本当に、ごめんなさい」

母は苦しいのか自分の喉を押さえながら、しかし片手はがっしりと一之助を抱いていた。

「浅彦」

「かしこまりました」

八雲に指示された浅彦は、着物の袂《たもと》から紅のようなものを取り出して蓋を開け、八雲に差し出す。すると八雲はそれを指に取り、母に近づいていった。

「一之助。残念だがもうときが来た。今印をつけなければ、お前の大切な母は永遠に黄泉には行けなくなる」

残酷な事実を伝える八雲は悔しそうな表情で一之助を見つめる。ようやく抱き合えた親子に最期を告げなければならない八雲の死神としての苦悩を知った千鶴は、自分が泣くべきではないと歯を食いしばり涙をこらえた。

「母さま」

一之助の悲痛な叫びが部屋に響いたそのとき、八雲の長い指が母の眉間に触れ……その直後に、母の体からガクッと力が抜けた。たった今、旅立ったのだ。

八雲はまさにギリギリまで待ったのだろう。

「母さま？　母さま！」

やせ細った母の体をゆすり何度も呼びかける一之助。しかし、母の目が再び開くことはなかった。

浅彦の手で母を布団に寝かしつけると、一之助は母の胸に頬をつけ、しばらくじっとしていた。その光景があまりに切なく千鶴がうつむくと、隣に座った八雲が励ますように千鶴の手をそっと握る。

千鶴はそれを機に、一之助の母親代わりのような自分がしっかりしなくてはと、活を入れた。

「一之助くん」

一之助に近づいていき肩を抱くと、彼は千鶴の胸に思いきり飛び込む。

「千鶴さまぁ」

「たくさん泣いていいのよ。悲しいときは涙で悲しみを流すの」

思えば三条家に使用人として仕え始めた頃、不二たちの風当たりが強くていつも厠でこっそり涙していた。しかし少しずつ慣れてきて次第に泣かなくなり、いつの間にか嫌みもさらりと受け流せるようになった。

涙は悲しみも流してくれるが、人を強くするのかもしれない。

ようやく心を通わせられた母の死という、この小さな胸では受け止めるのが残酷なほどの出来事を思い出すたび、一之助は泣くのかもしれない。けれどもいつかきっと彼は強くなる。千鶴はそう確信した。

「八雲さまも浅彦さんも、そして私も、一之助くんのそばにいる」

ひとりではないと伝えたくて言い聞かせたが、千鶴もまたこの三人と一緒にいられるのがいつの間にか心地よくなっていると感じた。

「八雲さま。母さまは、黄泉に行けたの？」

千鶴にしがみついたままの一之助が、八雲に尋ねる。

「あぁ、行けたよ。いつか魂が新たに生まれ変わるまで、ずっと一之助のことを見守っているはずだ」

八雲の言葉にうなずいた一之助は、しばらく涙を流し続けた。

屋敷に戻ってきた一之助は疲れきっており、千鶴に抱かれたまま眠りについた。一緒になって泣いては悲しみが深くなりそうで、千鶴は涙を必死にこらえている。

「よく、頑張ったね」

布団に寝かせて枕もとに座った千鶴は、彼のかわいらしい寝顔を眺めながら褒めた。母との別れの時間は十分といえなかった。あの短時間で母を許し、そして死を受け入れるという作業をこの小さい体でやらねばならなかったのだから、相当心に負担がかかったはずだ。

「どうしたら……」

どうしたら癒《いや》せるのだろう。

千鶴は屋敷に帰ってきてからそればかり考えている。

布団からはみ出た一之助の手を握りしめると、無意識なのか握り返してきた。

一之助を守りたい。そんな感情が猛烈に沸き起こってくる。

しばらくすると、障子が静かに開き八雲が入ってきた。千鶴の隣にあぐらをかいた彼は、一之助の顔を覗き込んで複雑な表情を浮かべる。

「私は解せぬ」

「えっ？」

「一之助はなぜ母を求めたのだ」

困惑している様子の八雲に、千鶴は口を開く。

「愛されたいという欲求は誰にでもあるものです。人はこの世に生を受けても、ひとりではなにもできません。無力な子供が母親に守られたい、愛されたいと願うのは自然なことですし、お母さまは必死に彼を育てた時間もあるはずです」

「それはそうだが、一之助は心を失うほどつらい思いをしたのだぞ」

八雲は眉をひそめて、一之助の寝顔を見つめる。

「幼い彼に手を上げたのは言語道断。私も許せません。でも、一之助くんにはお母さまに大切にされていた幸福な時間の記憶が残っているのではないかと思いました」

「なぜだ」

「一之助くん、お母さまがもうすぐお迎えが来ると漏らしたとき『嫌』と拒否したんですよ」

「一之助が？」

耳に届いていなかった八雲は、驚きの声をあげる。

「はい。お母さまが、生きていてくれたのねと歓喜の涙を流された瞬間、一之助くんは自分が生まれてきてよかったんだ、幸福な時間は偽りではなかったんだ、と確認したのではないでしょうか。それで、僕は好きなのに、愛されたかったのに、と堂々と叫べるようになった」

千鶴は話しながら、胸の痛みに襲われ顔をしかめた。やっと愛されたいと吐き出せたのに、母は旅立ってしまったからだ。

そんな千鶴に気づいた八雲は、励ますようにそっと腰を抱く。

「そう、か……。私や浅彦は、一之助の両親に嫌悪しかなかった。死を宣告したあの瞬間でさえも憐《あわれ》みの気持ちは微塵《みじん》もなく、愚かな行為に手を染めた母に怒りの気持ちばかりが先行した。一之助の心の奥にある感情には気づけなかった」

「それは仕方がありません。弱い者に手を上げるという行為は、どんな理由をつけても許されるものではないですから。ただ、私に過剰なまでに甘えてくる一之助くんを見ていたら、本当のお母さまに愛されたかったんだろうなと思ったんです」

「……愛とは、難しいものだな」

八雲は視線を宙にさまよわせてしみじみと漏らす。

「そうですね。愛にはいろんな形があるんですよ、きっと」

千鶴とて、愛の定義などできない。ただ、複雑な親子関係の中でも、愛が存在していたと信じたかった。

「それに、八雲さまと浅彦さんの愛は、一之助くんに届いていると思います」

寒空の下、ふたりに手を差し出された日、一之助は絶望以外の慈しみや深い愛といった感情を受け取ったはずだ。

「彼の心が壊れないように、できるだけ愛情を注いであげたい。……あっ」

一之助の寝顔を見ながら話すと、不意に八雲に抱き寄せられて胸の中に収まってしまった。

「お前の心は誰が癒すのだ。もう泣いてもいい。よく耐えた」

「八雲さま……」

「お前は他人の心配ばかりだ。ここに白無垢で現れたときも、街の者を救うことだけを考えていた。頑《かたく》なに帰ろうとしなかったのは、帰宅を歓迎されない上、自分の代わりに別の誰かが、生贄として同じ思いをしなければならないと思ったからだろう?」

胸の内をすべて読まれていたのに驚いた千鶴は、八雲の着物を思わず握る。

「わかっていたから、置いてくださったのですか?」

「そうだな。しかしお前は一之助にとって大切な存在になった。引き止めて正解だったと思っている。ただ、ひとつ不満がある」

「不満? なんでしょう」

「もっと自分を大切にしろ」

八雲の温かい言葉に、千鶴の涙腺は簡単に崩壊した。

八雲が一之助に母の死期を伝えてから、ずっと泣くまいとこらえてきた。つらいのは一之助だ。彼に泣かせてやらなければと気持ちを張り詰めていたのだ。

けれども、母が一之助を抱きしめたときも、八雲が行った儀式を目の当たりにしたときも、そして母がいよいよ逝ってしまったときも、本当は涙があふれそうだった。

「一之助を救ってくれてありがとう」

叩かれて頬を赤くした一之助を八雲たちが助けたと知ったときに口にした言葉を返された千鶴は、八雲の腕の中でうなずいた。

一之助は、三人でずっと守っていこう。いつか心の傷が癒えるまで、新しい愛情を注ぎ続けて。

千鶴は八雲の優しさに包まれながら、それからしばらく涙を流し続けた。


翌朝早く、どこかに出かけていた浅彦が屋敷に戻ってきた。八雲は屋敷にいたので儀式の仕事ではないだろうけど、夜中になんの用があったのだろう。

「浅彦さん、どこに行かれていたのですか？」

台所で朝食の準備をしていた千鶴は、玄関に出迎えに行き浅彦に問いかける。

「一之助の父のところです」

「お父さま？」

意外な返事に目を丸くした。

「八雲さまが、『一之助の大切な人だ、みじめな最期は避けたい』とおっしゃるので」

「えっ？」

「私は一之助の両親を許したくはありませんが、一之助が心の中で求め続けた母が、あの長屋で誰にも気づかれずに亡くなっているなんてやはり不憫で、亡くなったことを耳打ちしてまいりました」

昨晩八雲が一之助に、『母をきちんと弔ってもらうから心配するな』と話していたが、こういうことだったのだ。

千鶴は八雲の優しさを改めて思い知った。

「それで？」

「血相を変えて出ていきましたので、きっと今頃対面しているかと。商売が成功して大金を手にするまでは、コツコツ働く真面目な男だったようですから、これを機に酒を断ち心を入れ替えてくれるとうれしいのですが」

「はい」

かといって、一之助を傷つけた過去は消えない。しかし、もう二度と彼のように苦しむ人を作ってほしくなかった。

一之助の心は不安定で、にこにこ笑っているかと思いきや突然泣きだすこともあり、千鶴は心配していた。しかし一切笑わなかった一之助を知っている八雲は、感情を素直に吐き出すのは悪いことではないと千鶴を諭した。

「千鶴さま」

「なぁに？」

長い廊下を雑巾がけしようとすると、一之助が千鶴に話しかける。

「競争しましょう」

「あっ、ちょっと。ずるい！」

ニッと笑って先に雑巾がけを始めた一之助を慌てて追いかけながら、少々ムキになる。

「待って！　……痛っ」

下を向いたまま一心不乱に足を進めていると、ちょうど部屋から出てきた八雲に思いきりぶつかって尻餅をついた。

「まったくお前は。華族令嬢の面影の欠片《かけら》もないな」

あきれる八雲に、しゅんとした千鶴は「すみません」と謝る。

「千鶴さま、僕の勝ち！」

「でも、一之助の笑顔を見られるのはお前のおかげだ」

ずっと先でうれしそうに雑巾をかかげる一之助に視線を送った八雲は頬を緩め、千鶴に笑いかけてからどこかに行ってしまった。

「八雲さまだって、笑うようになったじゃない」

屋敷を訪れたばかりの頃は、こんなに笑顔を見せる人ではなかった。毎日の髪結いは続けているが、最初は緊張で手が震えそうになるほど張り詰めた空気が漂っていたのに、最近はそうでもない。それは、八雲の表情が柔らかくなってきたと感じているからだ。

「ちょっとー。さっきのはずるよ！　もう一回勝負！」

千鶴は一之助に提案したが「だめ。僕の勝ち」と断られてしまった。けれども、今日は弾けた笑みが見られたのでホッとしていた。

それから三日後。昼間だというのに八雲が人間界に出かけると言いだした。普段の買い物はほぼ浅彦の仕事で、八雲が行くのは珍しい。しかも千鶴も呼ばれたので目を丸くした。

「どちらに行かれるのですか？」

八雲と一緒に神社から人間界に戻った千鶴は尋ねる。

「今日は一之助が生まれた日なのだ。この世に生を受けたのをよかったと思えるようにしてやりたい」

「まあ、素敵。それで、どうして外出なんです？」

再び問うと、八雲は妙に照れくさそうな顔をして口を開く。

「おもちゃというものがあるらしいが」

「はい。子供は皆好きですよ」

千鶴は弟の清吉がよく両親にねだっていたのを思い出した。元気にしているだろうか。

「あっ、おもちゃを買ってあげようと？」

「そうだ。流行風邪の一件から、神社への賽銭がかなり増えた。ありがたく使わせていただこう」

「八雲さまって、案外ちゃっかりしているんですね」

思ったまま漏らすと八雲が不機嫌顔になるのでしまったと思ったが、あとの祭りだ。

この高尚な死神さまは、意外とよくへそを曲げるのを千鶴は知っていた。もう出会った頃の恐怖は完全に拭えている。

「すみません。しっかりの間違いでした」

「似たようなものだ」

八雲は口をとがらせるものの、子供のようなその表情は、以前とは比べものにならないほど柔らかい。初めて対面したとき『お前を殺める前にひとつだけ願いを叶えてやろう』とすごんだ人と同じとはとても思えないのだ。

「あはは。でも八雲さまはお賽銭では足りないくらい、人間の役に立つお仕事をなさっているのですから、どんどん使えばいいと思います」

「それなら千鶴も使え。いまやあの屋敷で一番働いているのはお前だからな」

「私はいいですよ。笑っていられるのがなによりも幸せですから」

三条家でチクチクと嫌みを投げつけられ、髪を振り乱して働いていた頃よりずっと穏やかな気持ちで過ごせている。死神という、一見おどろおどろしい存在と一緒だというのに。

千鶴が本音を吐露すれば、八雲はふっと口元を緩めた。

どうやら千鶴が連れてこられたのは、銀座界隈にくわしいかららしい。

「あー、久しぶりだわ」

ひさの着物を取りにきて以来の銀座は、相変わらずにぎやかで心が躍る。

「死神さまが電車や人力車に乗っているなんて不思議」

千鶴がクスクス笑うと、「悪いか」と漏らす八雲も口の端を上げている。

八雲は儀式の際、人の前に姿を現すものの、対象者はすぐに黄泉に旅立つため、彼の容姿を知る者はいない。だから、こうして街を歩いていても誰からも怖がられたりはしないのだ。むしろ、死神に嫁ぎ死んだと思われている千鶴のほうが知り合いに会わないか緊張していた。

最初に購入したのは、もちろん一之助のためのめんこやけん玉といったおもちゃだ。

他には、正岡の家にいた頃大好きだった『千歳《ちとせ》』という和菓子店で大福も手に入れて、八雲と一緒にしばし銀座の煉瓦《レンガ》街を歩く。

「一之助はすぐに着物をだめにする。一枚買い求めよう」

八雲の提案で目の前にあった呉服店に足を踏み入れた。

一之助のための着物を千鶴が選んでいると、八雲は組紐を見ている。

「八雲さま、まだお金に余裕があれば組紐もいかがでしょう？　これなんかいかがですか」


「そうだな。組紐はお前を懐かしむためのものではなく、お前と同じときを過ごすのに必要なものになった」

八雲はなにげなく発した言葉だったかもしれないけれど、千鶴の胸には喜びが広がった。彼が一緒に過ごす時間を心地いいと思ってくれているのではないかと感じたからだ。

一之助のためではあれ、一緒に買い物を楽しむこのひとときも、千鶴にとってはとても大切な時間だった。

八雲は組紐だけでなく、千鶴の着物まで購入する。「浅彦さんのお土産がないわ」とつぶやくと「あいつは大福で十分だ」と真顔で返されて、噴き出した。

人々が恐れおののく死神は、こんなに親しみやすくて温かい人なのだ。

四丁目の時計塔が十五時半の鐘を鳴らした頃、海老茶袴姿のひさを見つけた千鶴の足が止まった。ひさは女学校からそのまま来たのだろうか。隣には詰襟の学生服を纏い制帽を被った帝大生らしき男性の姿があり、彼を見上げて微笑んでいる。三条家で千鶴を罵っていたときのきつい目元の面影はなく終始にこやかで、しまいには満面の笑みを浮かべたひさが男性の腕に飛びつく姿まで目撃してしまった千鶴のほうが照れなければならなかった。

愛しい人なのだろうか。

「どうした？」

「はい、あの……」

八雲は千鶴の視線をたどり「知り合いか？」と尋ねる。

「三条家の長女のひささんです」

「お前が身代わりになった女か」

八雲は、不二がひさを嫁がせたくなかったため千鶴に白羽の矢を立てたのは心得ていて、少し皮肉めいた言い方をする。

「もう、その話は……。私は幸せだからいいんです」

千鶴が素直に告げると、八雲の目が大きくなる。

「そうか」

「はい。それより、帰りましょう。私、お料理いっぱい作りますね。おもちゃ、喜んでくれるかな」

千鶴は嫌な過去を思い出して悶々《もんもん》とするより今を楽しみたくて、笑顔を作った。

一之助への秘密の贈り物は大成功で、鼻息を荒くして喜んでいた。浅彦にめんこの勝負を何度も何度もせがみ、なかなかうまくできないけん玉は、黙々と練習していた。その様子を目を細めながら見守っている八雲から優しさが伝わってくる。

死神は人の魂が悪霊としてさまよわないようにするために黄泉に導いているのに、それを知らない人間からは常に恨まれる存在だ。

しかも、死に際の者はこの世への未練から、ありとあらゆる暴言で死神を罵倒して遠ざけようと試みたり、志なかばで旅立つ未練を打ち明けたりする。

そんな感情むき出しの人間と対峙《たいじ》して受け止めなければならない死神は、かなりしんどい作業をしているのだろう。

千鶴は一之助の母を見送ったときにもそうした一面を垣間見《かいまみ》たが、まだ他にもいろいろあるのだろうなと推測している。

一之助の誕生日の夜も、台帳に載った人の旅立ちは待ってくれない。しかしはしゃぎすぎた一之助は、浅彦の手をギュッと握ったまま眠りに落ちてしまった。

人間界に行く時間だからと、浅彦が一之助の手をそーっと外そうと試みたが、いっそう強く握られるありさま。母を目の前で亡くしたばかりなので不安が強く、最近はこうして人肌を求める傾向が強い。一之助が望むため寝かしつけはほとんど千鶴の仕事になっているけれど、朝まで手を離してもらえず結局同じ布団で眠ったりもしている。

「まいったな……」

「浅彦。今日は私ひとりで行く。一之助を頼んだぞ」

「かしこまりました。って、寝るだけですが」

浅彦は苦笑しつつも、優しい顔で一之助を見つめる。皆一之助が大切でたまらないのだ。

「八雲さま。私を連れていってくれませんか？」

「は？」

唐突な千鶴の提案に、八雲は彼らしくないすっとんきょうな声を発した。

「おふたりがなさっている仕事をもっと知りたいのです。といってもなにもできないのでただの足手まといですが、このお屋敷でお世話になる以上、知らないで済ませたくありません」

千鶴は八雲たちの心の痛みにもっと寄り添うにはどうしたらいいのかとずっと考えていた。

八雲に止められてからは玄関で待つのはやめたが、布団から出て仕事から戻ってきたふたりを迎えることは欠かさず続けている。

「八雲さま、それもよろしいのでは？」

八雲が返答に迷っていると、一之助の頭を撫でる浅彦が反応する。

「しかし、千鶴は死神ではない」

「ですが、私たちにとってもういなくてはならない人ですよね」

「まあ、そうだが」

浅彦の言葉や八雲の返事がどれだけうれしかったか。帰れと言われても三条家に戻れず、どこにも行くあてがなかった千鶴だったが、一之助同様、大切にされていると感じる。

「千鶴さまにもすべてを知っていただきましょう。どうやらついていきたいとおっしゃるくらい、肝は据わっていらっしゃるようですし」

浅彦は千鶴を見て微笑んだ。

はねっかえりだと指摘されているような気がしなくもなかったけれど、一之助の母の旅立ちに立ち会ったとき、悲しくて胸は痛んだものの、とても大切な瞬間だったと千鶴は考えている。

「仕方ない。千鶴、すぐに出かけるぞ」

八雲が承諾すると、浅彦は「行ってらっしゃいませ」という、千鶴のいつもの台詞を口にした。

八雲と一緒にまずは神社の境内へ。白無垢姿でここを訪れたときは恐怖で震えていたが、その死神と一緒にいるのが一番落ち着くなんて不思議だ。あの出来事が遠い昔に感じるほど千鶴の生活は一変したものの、もしかしたら今までで一番穏やかに暮らせているかもしれない。

「ついていきたいなんて、お前は物好きだな」

「物好きって……。もっと死神さまのお仕事を知りたいだけです。それに、私たち人間のために八雲さまたちが苦悩されるのはなんだか申し訳なくて」

千鶴が漏らすと、八雲はチラッと視線を送ってから口を開く。

「やはり物好きではないか。苦悩するとわかっていてついて行きたいなど、普通の女ではない」

「あのー。それは褒めていただいているんですよね、もちろん」

「さあ、どうかな」

八雲はふっと鼻で笑い、楽しそうに足を進めた。

真夜中の街はひっそりとしていて人影もない。大通りに行けばアーク灯が皓々《こうこう》と輝いているが、住居の密集地は月明かりがあるだけ。小石につまずきそうになった千鶴に気づいた八雲は、その腕を握った。

「早速足手まといか？」

「申し訳ございません」

千鶴は謝罪したものの、八雲が怒っているわけではないとわかっている。彼の声色が穏やかだからだ。

「しばらくすれば目も慣れる。つかまっておけ」

八雲は千鶴の手を自分の腕に誘導してつかまらせた。

銀座で見かけたひさが男性と楽しそうに腕を絡めていたのを思い出した千鶴は、妙に照れくさくなり、目を泳がせる。

「そ、それで今晩はどんな方のお見送りなのですか？」

命の期限が近づいているのは誰なのだろう。

「今日は齢七十一になった男だ。子は三人いて、さらに孫が八人いる」

齢七十一であれば、人間が〝寿命をまっとうした〞と考えそうな歳だ。もちろんもっと長生きする人はいくらでもいるのだが。

「病気でしょうか？」

「鋳掛屋《いかけや》としてよく働き、周囲の者にも慕われていたようだ。しかし無理がたたり最近では臥せっている時間も長く、心臓の動きが悪いのだ。このくらいの歳になれば、心臓が弱る者も珍しくはないし、おそらく苦しむことなく逝くだろう。まあ、なんにせよ寿命なのだが」

「それなら、今回はさほど問題なく印をつけられるのでしょうか」

千鶴が何気なく漏らすと、八雲はふと足を止める。暗闇に慣れてきた千鶴の目がとらえた彼の表情は困惑気味にゆがんでいた。

「突然現れた死神に寿命ですと言われて、すんなり受け入れる者はまずいない」

八雲に諭され、ハッとする。

「ごめんなさい。問題ないなんて軽々しく……」

八雲たち死神の心の痛みに寄り添いたいと考えていたくせして、発言が軽率だったと千鶴は深く反省した。

たとえ大往生と称される状況であっても、引導を渡す八雲たちにしてみれば、心の痛みが伴うのは必至だろう。人間は死にたくないと思うのが普通で、おそらく死に抗う人も多くいるはずだから。死神を罵倒し遠ざけようと試みるのもきっとそのせいだ。

「いや。そうした心づもりで向かったほうがいいと思っただけだ。別に怒っているわけではない」

「はい」

千鶴が八雲の腕から手を離すと、彼に再び手を握られて驚いた。

「お前はいちいち沈まなくていい。間違いをせぬ者などいないし、長く死神稼業をしている私でもまだ迷うことがある。無事に黄泉に送れたとしても、もっとよい見送り方があったのではないかと考えるのもしばしばだ」

「八雲さま……」

「千鶴は死にゆく者や私たちの痛みまで背負う必要はない。お前は死神ではないのだからわからなくていい」

突き放されたような言い方をされ、千鶴は眉をひそめる。やはり、八雲たちの仕事をもっと知りたいと思うのは、浅はかで利己的で、そして偽善的な行為だったのかもしれない。

「……ただ、お前の申し出はうれしかった。頭ごなしに否定されるのがあたり前だったからか、理解しようとしてもらえるのは気持ちがいいものだ」

「本当ですか？」

落ちかけていた千鶴の気持ちが一気に持ち上がる。

「あぁ。まったく不思議な女だ」

八雲は強めに千鶴の手を引く。

「お前は少々注意力も足りない。転ぶと面倒だから、手を離すな」

八雲は『転ぶと面倒』なんて言い方をするが、千鶴が暗闇でなにかにつまずいて転ばないように配慮しているのがありありとわかる。

あなたは少々不器用すぎるわ。

千鶴は心の中でつぶやいた。

行動には優しさを感じるのに、口から飛び出すのはぶっきらぼうな言葉が多い。照れ隠しなのかな？　とは思うけど、素直ではないというか……。

手を握られるのが少し恥ずかしくもあったけれど、優しい気持ちをありがたく受け取り、おとなしくそのまま歩き続けた。

八雲が足を止めたのは、小石川のはずれにある長屋の前だった。窓の向こうには明かりがついていて、真夜中なのに人の声もする。

「しばし待つか」

死神は原則として死にゆく本人の前にだけ現れる。だから、家族や友人などがいるときは時間を置くと浅彦から聞いた。それでもどうしても本人だけにならないときは、八雲たちは姿を消して近づき、印をつけるという。

「お父さん、頑張って」

「きっとよくなるからね。踏ん張って」

何人かの男女の声が聞こえてくる。症状の悪い男を励ましているようだ。

八雲は千鶴を促し、長屋の横の細い路地に移動した。ここのほうが目立たないからだ。

「大切に思われているのですね」

長屋の壁にもたれかかって腕を組んだ八雲に、千鶴は話しかける。

「そうだな。とてもいいことだが、別れのときは余計につらい」

すると意外な返事が来た。たしかに、この世への未練が強ければ強いほど黄泉に旅立ちたくはないだろう。

「そっか……」

「しかし、これは終わりではない。黄泉に行ったあと再び人として生まれ変わり、会いたいと懇願していた者に再会するという可能性がないわけではない」

八雲はそう言うけれど、おそらくとても確率の低い話だ。

「そのような事例に遭遇されたことはあるのですか？」

「あぁ、あるよ。しかも何度も。魂となった時点でこの世での記憶はすっかり消え去る。しかし、本当に絆が強ければ、私たちにも説明できないなんらかの力が働いて、次の世で再び巡り合うという事象は珍しくない」

「珍しくない？」

確率が低いとばかり思っていた千鶴は驚いた。

「そうだ。そこまで相手を求める強い気持ちがあるのが珍しいのであって、似たような境遇や近い場所に生まれ変わること自体はよくあるのだ」

千鶴はそれがなんだかうれしかったし、同時にそれほど強い絆を結べるような人ができる人生を歩みたいと感じた。

「あの……今まで印をつけるのを拒んだ方もいらっしゃるのですか？」

死に抗いたいあまりに死神である八雲を罵倒する者がいるらしいが、彼にあの紅のような印をつけてもらわなければ、永遠に悪霊となりこの世界をさまよい続けるだけ。とはいえ、それを普通は知らないので、死神を前にしたら全力で抵抗してもおかしくない。

「もちろんいる。しかし、印をつけるという行為は、私にとっては造作もない。ただ……かつてひとりだけ、自分からつけてほしいと切願する者がいて困った経験がある」

八雲は千鶴の質問に顔をゆがめる。

「自分から？　どういうことですか？」

「その者の死期はずっと先だった。だから私はできないと追い返したが、何度も身投げを繰り返し、自分の体を痛めつけた」

八雲の話があまりに衝撃的で、何度も瞬きを繰り返す。

「だから私はその者に話した。お前の死期はまだ先だ。どんな手を使っても黄泉には行けぬと。しかしそれでも傷だらけになっていくその男に、それほどの覚悟があるならと……」

なぜか八雲は途中で口を閉ざした。

「あるならと？」

「いや、なんでもない」

先を促したものの、八雲は黙り込む。聞いてはいけないのかもしれないと感じた千鶴は、深く追及するのはやめた。

「そろそろよさそうだ」

なかなか家族が去らないので、姿を消した八雲だけで乗り込まざるを得ないかと思っていた矢先、ピタッと声が止《や》んだ。

「千鶴。万が一誰かが来たら私に触れなさい。そうすれば姿を消すことができる」

そういえば、一之助の母の家を訪ねたとき、玄関先で浅彦と手をつないだら戸をすり抜けられた。触れていれば彼らと同じ能力を使えるのかもしれない。

「わかりました」

再び千鶴の手を握った八雲は、声が聞こえていた部屋の窓をすり抜けた。先ほどまでつけられていた行灯の火は消され、男の穏やかな寝息だけが聞こえる。なんらかの症状が一旦落ち着いたので、家族も眠ったのだろう。

行灯は消えていたものの、月明かりが差し込むその部屋では、目尻にしわが深く刻まれた男の顔がはっきりと見える。

八雲が着物の袂からあの紅のようなものを取り出し枕もとに腰を下ろすと、なんと男はパチッと目を開けた。

「もしや、死神さまですか？」

「いかにも」

「お待ちしておりました」

あまりに穏やかに待っていたと話すその男は、横たわったままではあるが、しっかり聞き取れるはっきりとした声で会話を続ける。千鶴は八雲のうしろに立ち、ふたりを見守っていた。

「待っていたとは？　なぜだ」

八雲は率直な質問をぶつける。

「自分の体ですから、そろそろお迎えが来ることくらいはわかっております。死の前に死神さまが枕もとに立つのは、父が亡くなる寸前に話してくれましたので知っておりました」

苦しいのか、顔をしかめつつ話す男の声は時折かすれる。しかしその口調は穏やかだ。

「そうだったか。あなたの命はもうすぐ尽きる。黄泉に行けるように印をつけさせていただく」

「そうか……もうすぐ」

千鶴は、あまりに冷静に自分の死について語る男に驚いていた。

浅彦から聞いた話では、八雲に死期を宣告されるとほとんどの者が取り乱し、号泣するらしいからだ。八雲も『寿命ですと言われて、すんなり受け入れる者はまずいない』と話していた。

ただし、すでに昏睡《こんすい》に陥っている場合は、本人にも気づかれぬまま印を残すようで、その場合のみ儀式はすぐに終わるとか。

「……私は、漁村の出身でして。幼い頃はよく父と一緒に船に乗ったものです」

男は唐突に昔話を始めたが、八雲はなにも言わずにただうなずいている。だから千鶴もその場に正座して続きを聞くことにした。

「まあ、おんぼろの船しか持っていませんでしたからねぇ。遠くまで行けず、大漁だった記憶なんて一度もないんですよ。それでも父は寡黙に働き、母と私たち兄弟三人を立派に育ててくれたんです」

「よき父だったのだな」

八雲は優しい声で口を挟む。死神と死にゆく者との会話には見えなかった。

「はい。いつも金がなくて苦労はしましたよ？　でも楽しかったなぁ。その父が亡くなり、私は食い扶持《ぶち》をつなぐために家を出て、この街で鋳掛屋として働きました。最初は苦労しましたが、そのうちお客さんも増えて、食うに困らない程度にはなりました」

千鶴はそこまで聞き、ハッとした。目の前に横たわるのが、三条家の鍋に穴が空いたときに修理を頼んだ男だと思い出したのだ。

「あなたの腕はたしかだったと評判だ。相当たくさんの者が感謝しているだろう」

八雲の言う通りだ。釜や鍋は値が張るため修理して使うのがほとんど。十分な資産を持つ三条家でも、おいそれと新品を買い求めようとはしなかった。鋳掛屋はいなくてはならない存在なのだ。

「そうだとうれしい。少し余裕が出てきた頃に妻に出会い結婚しました。三人の子に恵まれ、今では孫までいます。所帯を持った子供たちは、それぞれ別の場所に住んでいるのに、私の調子が悪いと知って駆けつけてくれたのです」

「それは、あなたがそれだけ価値のある人間だという証でしょう」

八雲の話に千鶴は思わずうなずいていた。どうでもいい人ならば、駆けつけたりはしないと思ったからだ。

「ありがたいなぁ。鋳掛屋はさほど儲《もう》かるものではありませんし、生活が豊かだったとはとても言えません。でも最期まで心配して涙を流してくれる妻がいて、子供らがいて……孫も、じいちゃん死なないで、と言ってくれて、かわいくてたまりません。

私は幸せ者だ。幸せなまま旅立てます」

こんな逝き方もあるのだと千鶴は感心していた。満たされた気持ちで黄泉に向かえるのなんて、少しうらやましい。自分も最期を迎える際に、彼と同じ心境にたどり着けるだろうかと考えを巡らせる。

「それはよかった。だがもう最期だ。善人ぶらなくてもいい。胸にあるつかえはすべて吐いてから逝きなさい」

千鶴はひたすら感服の念を抱いていたけれど、八雲はうがった見方をしている。

男は驚いた様子で目を見開き、しばらく固まっていた。

「ですが……」

「聖人君子であるのは立派だ。妻や子供、そして孫の前では、そのまま貫き通して旅立てばいい。しかし、心に靄《もや》を抱えたまま黄泉に入ると、次に生まれるまで少し時間がかかるようだ。この世に置いていけるものは置いていくがいい。今は私たちしか聞いていないぞ」

男の言葉には強がりがあるのか……。

想像もしていなかった千鶴は驚いた。

「あははは。死神さまはすごいお方だ。今まで誰にも気づかれなかったのに」

男は自嘲気味に笑い、そしてそのあと真顔になる。

「私はよき夫、そして父でありたかった。だから、家族の前では愚痴をこぼさないようにしてきました。あまり怒りもせず、ただにこにこと笑っているだけ」

男は天井をじっと見つめて嚙みしめるように話す。

「そのうち、家族にとって空気のような存在となっていきました。いてもいなくてもかまわないような。それでも私は嫌われたくなくて黙々と働き、できる限り家族と同じ時間を過ごすように努力してきました」

空気のような存在、か。正岡家はそういう人間はいなかったが、三条家ではもしかしたら貞明がそれに近かったかもしれないと、千鶴はふと考える。

「私は……」

もう一度口を開いた男は声を詰まらせ、嗚咽を漏らし始める。

「私は……もっと必要とされたかった。もっと妻や子たちと心を通わせて話したかった。もっと笑い合いたかった」

素直な感情を吐露し始めた男は、時折洟《はな》をすすりながら続ける。八雲は何度も小さくうなずき、動じることなく耳を傾けていた。

「私が黄泉に旅立てば、あっという間に私の存在など忘れ去るでしょう。そもそもいなくてもよかったのですから。それが悲しくてたまらない。逝きたくない」

『私の存在など忘れ去る』という男の発言に、千鶴は胸が苦しくなった。自分も白無垢で神社に赴いたあの日、八雲に組紐を求めて『私という存在が生きていたと思い出してほしい』と懇願したからだ。

千鶴が眉根を寄せていると、八雲は苦しげに言葉を吐きだした男をじっと見つめて口を開く。

「いなくてもよかっただろうか。あなたが鋳掛屋として勤勉に働かなければ、家族は食うにも困っただろう。あなたが家で朗らかに笑っていなければ、喧嘩《けんか》が絶えず、一家離散していた可能性もある」

八雲の話に男は目を大きくして驚いている。

「空気のような存在が悪いのだろうか。いてもいなくてもよかったのではなく、いてあたり前だったのだ。当然、必要とされていたはずだ」

八雲の言葉に、千鶴の心も動いた。

おそらくその通りだ。男の最期を察した家族が集結し、死期が近づいてきたのを嘆いているところを見れば、八雲の話した通り、〝空気のように必要とされていた〟に違いない。

「あのっ……」

千鶴は迷ったものの、どうしても男に伝えたくて口を挟む。すると八雲は自分の隣の畳をとんと叩いて、そこに来るように促した。

緊張しながらも八雲の隣まで行って座った千鶴は、潤んだ男の目をしっかりと見つめてから話し始める。

「私、あなたに鍋を修理していただいた経験があります。それはそれは丁寧な仕事で、あのあとまったく壊れることなく重宝しています」

三条家を出た今はその鍋がどうなっているか知るよしもないが、おそらくそうだと想像して伝える。

「毎日のように繰り返される仕事は、そのうちあたり前になっていきます。鋳掛屋さんとしての技術は一流でも、それが当然となり、次第にそのありがたみを忘れてしまう。きっとあなたがいなくなったあとに、大変な技術を持っていたのだと、皆が驚嘆するはずです」

人は失くしてみなければ気がつかないこともある。

「勤勉に働くことで、たしかな爪跡を残されているはず。家族に対してもそうです。明るく笑う大黒柱がいざいなくなってしまったら、喪失感にさいなまれるのではないでしょうか」

きっと男が思っているよりずっと家族にとって必要な人だったと伝えたい千鶴は、前のめりになって必死に言葉を紡ぐ。

「そうでしょうか」

「はい。それに皆、あなたを逝かせたくないと思っている。それは、あなたを必要としている……そして、愛している証です」

先ほどの家族の声を耳にして感じたことを千鶴が告げると、男はうれしそうに頬を緩めた。隣の八雲は少し驚いたような顔をしつつも、再び口を開く。

「あなたが生きた証は、皆の心の中に残るだろう。しかし、薄れていくのもまた事実」

八雲の正直な言葉を聞いた千鶴に緊張が走る。

「人の記憶は薄れていくようにできている。それはつらいことを忘れて前に進むために必要な機能なのだ。でも、大切な者の記憶は薄れるだけで、なくなるわけではない」

「そう、ですか」

男の目尻から一筋の涙がこぼれ落ちる。

「逝きたくないと思うほど、あなたの人生は充実していたのでしょう。幸せだったのでしょう」

「はい、その通りです」

八雲の問いかけにはっきりした口調で返事をした男は、目を閉じ、唇を嚙みしめる。

「私がこれからあなたに、黄泉に導く印をつけます。そうすれば魂は迷うことなく黄泉へと旅立てる。黄泉でしばし休息した魂は、次の世に生まれるだろう。そうしたらまた新しい家族ができる。また次の世の終わりに今と同じ涙が流せるように、次の家族も大切にしなさい」

八雲は男を諭すように話す。すると男は何度も小刻みにうなずき、納得していた。

「残る家族と同じように、私も前に進まなければならないのですね」

「そうだ。死した瞬間、すべてが終わるわけではない。あなたはまた次の世に羽ばたくのだ。今世と同じように自分ができることを真面目にこなしていれば、必ず次の世も素晴らしいものとなるだろう。幸福は待っていても転がってこない。自分で手繰り寄せるものだ」

八雲の言葉が胸に響き、隣で聞いている千鶴が泣きそうになった。

正岡家が没落して使用人となり、不二やひさになじられながらも自分のできることをひたすら真面目にこなしてきた。死神の生贄として花嫁になれと宣告されたときは絶望でいっぱいだったが、八雲は自分を殺さなかったし、それどころか優しく包み込む。それが必死に生きることで手繰り寄せた幸福なのかもしれないと。

「私はコツコツ生きるしか能がありませんでした。でも、それはなかなかすごいことなのではないかと思えてきました」

「もちろん、素晴らしい能力だ」

穏やかな表情で語る八雲に、男は口元を緩める。

「どうかよろしくお願いします」

男は八雲に印を懇願した。

「千鶴。蓋を開けてくれ」

八雲は小さな容器を千鶴に渡し、役割を与える。

「かしこまりました」

蓋を開けるという行為だけでも儀式の一端を担う気がした千鶴は、改めて背筋を伸ばして容器を手にした。

指に紅のようなものを取った八雲は「安らかに」と声をかけ、目を閉じた男の眉間にそれを塗る。そして深く一礼したあと、千鶴の手を取り再び窓をすり抜けて部屋を出た。

東の空がうっすらと明らんできた。

千鶴が山の稜線に目をやり深呼吸すると、八雲は口を開く。

「ひとつの命が終わるのは悲しいことではあるが、次への第一歩でもある」

「はい」

男の魂は流転し、いつかまた新しい幸せを手にするだろう。

「愛、か……」

「えっ？」

八雲が唐突に漏らすので、千鶴は思わず彼の顔を見つめる。すると八雲は一瞬視線を絡めて頬を緩めたものの、空を見上げた。

「あの男の最期はそろそろだが、見送るか？」

「はい。そうさせてください」

黄泉に旅立つための印をつける手伝いをした千鶴は、男の最期を責任をもって見守りたいと感じた。無論、できることなどないのはわかっているが、ただ、その瞬間に立ち会いたかった。

八雲と並び長屋の壁にもたれていると、「お父さん！」という男性の大きな声が聞こえてきて、緊張が走る。

「お父さん、どうしたの？　まだよ。逝かないで」

別の女性の喚《わめ》き声もして、その後、うわぁぁぁーという絶叫が響いた。

「旅立った」

八雲は切なげな、しかしすがすがしい表情でボソリとつぶやく。

「行ってらっしゃい」

千鶴は、さようならではなく送り出す言葉を添えた。いつかまた人の世に戻り、幸せな家庭を築くと確信しているからだ。

すると八雲は、眉をピクッと上げて千鶴と視線を合わせ、そして微笑む。

「帰るか」

「はい」

山の稜線から太陽がほんの少し顔を出し、辺りを明るく照らしだす。もう手をつながなくても転ばないのに、八雲は千鶴の手を握り離さなかった。

「八雲さま。なぜ私に蓋を取らせたのですか？」

「お前は私たちとともにありたいのだろう？　物好きだからな」

八雲は鼻でふっと笑う。

「ですから、その物好きというのはやめてください！」

千鶴は抗議しつつも、八雲たちの心に少しでも寄り添えるのなら物好きでもいいやと口の端を上げる。

「印をつけるだけで帰ることもできますよね。どうしてあの人に、気持ちを吐き出させるような行為をしたのですか？」

「質問ばかりだな」

「知りたいですから」

恐怖しか感じていなかったはずの八雲の胸の内に触れたいという欲求が、日に日に大きくなっている。

「たしかに、我々死神の中にはそのときが来たらさっさと印だけつけて去る者もいる。ただ私は……単に魂を黄泉へと導くだけでなく、死というものの恐怖も軽減させられて一人前だと思っている」

八雲は照れくさいのか、遠くに視線を送ったまま続ける。

「ひとつの命が終わる瞬間は、肉体的にも精神的にもなんらかの苦痛が伴う。それはどうにもならないのだが、次の世への希望があれば乗り越えられる」

千鶴は納得して大きくうなずいた。

「八雲さまって、人間がお嫌いだったんじゃないんですか？　それなのに、お優しいのですね」

千鶴の的確な指摘に、八雲の眼球がキョロッと動く。

「気のせいだろ」

「はいはい、気のせいです」

耳が真っ赤になっている八雲を見てクスッと笑う千鶴だったが、彼に一層手を強く握られ、今度は自分が頬を赤らめる羽目になった。

「浅彦、飯の準備してるだろうか」

「一之助くんから逃げられたかかな」

千鶴が八雲を見上げると、「我が家の息子は最強だ」とつぶやくので千鶴は笑みを漏らす。

死神と人間というおかしな同居生活ではあるけれど、〝もう俺たちは家族だ〟と八雲に言われた気がして、千鶴は胸が温かくなるのを感じた。

死神の初恋

再び日常が戻ってきた。

けん玉に没頭する一之助は、あっという間に浅彦より上達し、浅彦の失敗を笑っている。とはいえ、母の死を完全に乗り越えられていないのは傍《はた》から見ていてもわかり、時々ひどくふさぎ込んでは千鶴に抱っこをねだった。

庭の桜の花びらは風にあおられて空を舞い、太陽の光を反射させては千鶴たちの目を楽しませた。そして今は鮮やかな若草色の葉が芽吹き始めている。

「千鶴さまぁ」

庭掃除をしている千鶴に向かって両手を上げて〝抱っこして〟のポーズをとる一之助は甘え声を出している。

「なぁに？」

「浅彦さまにめんこで負けたの」

千鶴が抱き上げると、半べそをかいている。どうやら一之助は負けず嫌いなようだ。

「勝負ですから、ときには負けますよ」

そういえば弟の清吉もそうだったなと思いを馳《は》せた。清吉は同じ歳の友達と比べると少し体が小さく、尋常小学校でかけっこをするといつも最下位。そのため使用人を巻き込んでかけっこの練習をしていた。あの頃は父と同じように帝国大学に進学すると意気込んでいたけれど、それは難しくなっているはず。とにかくすこやかに成長していてほしいと願うばかりだ。

「でも、嫌なの」

口をへの字に曲げる一之助が、千鶴はかわいくてたまらない。

「一之助」

そこに現れたのは八雲だった。

千鶴の腕の中におさまっていた一之助は、顔を八雲のほうに向け手を伸ばす。やはり抱っこをせがんでいるのだ。八雲は部屋にこもっている時間が多いため、普段はなかなか甘えられないからだろう。

「甘えん坊だな」

八雲はそれに応えるように、千鶴から彼を受け取る。

「千鶴が来てから、甘え方を覚えたな」

そういえば一之助は笑わない子だったと聞いたが、抱っこをせがんだりもしなかったのだろうか。

「甘やかすからな、お前は」

たしかに近くで世話を焼くのは千鶴の仕事だ。しかし、八雲はいつもそっと見守っている。

「八雲さまだって」

「そうだ。一之助くん、おやつ食べようか」

「ほら、甘やかす」

八雲の指摘に千鶴の口角が上がる。

「かわいいから仕方ないです。浅彦さんが貯古齢糖《チヨコレート》を買ってきてくださったんですよ」

「千鶴が喜んでいるじゃないか」

八雲は興奮気味に語る千鶴を笑う。

「だって楽しみなんですもの」

正岡の家にいた頃に何度か食した経験がある。甘いのにほんのり口に苦みも広がる不思議な西洋菓子はあまり普及してはいないが、女学校時代によく話題に上がったおやつだ。

「私にはあれは少し甘すぎる。千鶴、お茶を淹れてくれ」

「承知しました」

千鶴はこんな穏やかな時間がずっと続けばいいのにと思いつつも、台所に向かった。

一之助は口の周りを汚しながら、貯古齢糖を貪り食べていた。八雲と浅彦はあまり好みではないらしく、お茶をすすって一之助の様子に頬を緩めている。

食べ終わったあと千鶴が手と口を拭いてやると、彼は遊び疲れたのかまた抱っこをせがむ。

「今日は暖かいから、縁側に行こうか」

浅彦に片づけを頼み、千鶴は縁側で一之助に膝枕をした。

「眠いんでしょう？　寝てもいいわよ」

先ほどから目が閉じかけては開きを繰り返しているのだ。

声をかけ頭を撫でると、一之助はそれを待っていたかのようにすーっと眠りに落ちていった。

しばらくすると八雲が隣にやってきて腰を下ろす。

「かわいい顔をして寝ている」

「はい。お母さまが旅立たれたときの光景を思い出すのか、まだ眠りたがらない夜があるんです。睡眠時間が足りていないのかもしれませんね」

辺りが暗闇に包まれ静寂が訪れると、一之助は時々恐怖を感じているようだ。

先日、男の見送りに行った際、八雲は『人の記憶は薄れていくようにできている。それはつらいことを忘れて前に進むために必要な機能なのだ』と話していたが、一之助を思って発した言葉だったかもしれないと千鶴はふと感じた。

母の死をすっかり忘れることはないだろうが、いつか心の傷が薄くなり、涙を流さずとも懐かしめるときが来るのを祈っている。

「千鶴をここにとどめるのが正しいのかどうか今でもわからないが……」

そっと一之助の頭を撫でた八雲は、千鶴に視線を移す。

「一之助にとってはよかったと思っている。私にとっても」

付け足された言葉に千鶴は目を瞠る。

「八雲さまにとっても？」

「いや、幻聴だ。忘れろ」

すぐさま否定する八雲の頬がほんのり赤い。これは照れているのだなと感じた千鶴は、やはり彼はとびきり不器用だとおかしくなり、口の端を上げた。

「私も幸せですよ。私を必要としてくれる人がいて、ちょっと意地悪だけど優しい当主やその従者に大切にしてもらえて」

「お前、その『ちょっと意地悪』はいらないのではないか？」

「いりますよ。さっき貯古齢糖が口についていたのを笑っていたじゃありませんか。教えてくだされぱいいのに！」

「こんなにつけて」と言いながら一之助の口を拭いていたのに、自分の唇についていたという恥ずかしい失態を犯したのだ。

「お前は、所作は美しいのに、どこか抜けている」

「それはそれは、申し訳ございません！」

鼻息荒く返すと、八雲はおかしそうに肩を揺らす。

「お前と一緒にいると飽きない。いつまでも笑っていられる気がする」

八雲が真顔に戻って漏らすので、千鶴の心臓がドクッと大きな音を立てる。

「人間はお嫌いなのではないですか？」

「ずっとそうだった。一之助の両親の身勝手さにもあきれていたし、印をつけに行っても、自分の悪事は棚に上げ、他人を恨むような言葉を吐きだす者も多かった。危急存亡の秋《とき》となり、本性が現れるのだろう」

先日一緒に印をつけに行った男はきれいな存在のまま散っていこうとしていたが、死に際に善人の仮面がはがれる者もいるのだろう。毎日のようにそんな場面に遭遇していれば、人間嫌いになる気持ちがわからなくもない。

「しかし千鶴に出会い、その考えが少しずつ変わってきた。こんな、どうしようもなくまっすぐな馬鹿もいるのだなと」

「ですから、それが意地悪なんですって！」

八雲のそうした言葉が照れ隠しであり、遠回しに自分を褒めているのだと、千鶴はもうとっくに気づいている。けれど、一応抗議はしておく。

「千鶴」

八雲の視線が妙に艶やかだからだろうか。何度もこうして名を呼ばれてきたはずなのに、心臓が早鐘を打ち始めて息が苦しい。

「……はい」

「千鶴」

もう一度千鶴の名を口にした八雲は、真摯な視線を注ぎ、千鶴の頬にそっと触れる。

なんなの、これ……。

千鶴は経験したことがない胸の疼《うず》きに戸惑ったものの、熱を孕《はら》んだ彼の強い眼差しから逃れられなくなった。

「私はお前を離し――」

八雲が再び口を開きかけると、膝の上の一之助が身じろぎするので、八雲の目が真ん丸になる。

「まったく。邪魔をするでない。私も少し眠くなった」

「えっ、ちょっと……」

八雲が千鶴の肩に頭を乗せて目を閉じるので焦る。

自分が結った彼の長い髪が頬に触れ、再び鼓動が速まるのを感じた千鶴は、動揺で視線をさまよわせた。

八雲はなにを言いかけたのだろう。

気にはなったが、眠りについた彼に問いただせない。

離したくない、だったらうれしいのに。

千鶴はそんなことを考えながら、勝手に頬を赤らめた。

「あはっ。重いですって」

ふたりを膝と肩に乗せた千鶴は、思わず漏らす。けれども、たまらなく幸せな重さに白い歯がこぼれた。

暖かな日差しにそそのかされて、千鶴もうとうとしかけたそのとき、「千鶴」と誰かが呼ぶ声が聞こえた気がして目を開いた。

「千鶴」

聞いたことのあるような女性の声は、たしかにどこからか聞こえてくる。八雲も気づいたらしく、目を開き頭を上げた。

屋敷から浅彦が出てきて八雲をチラリと見る。すると八雲は小さくうなずき、浅彦は門を出ていった。

「なんでしょう」

「神社で誰かが千鶴を呼んでいるのだろう。浅彦に様子を見に行かせた」

「そうでしたか」

でも、どうして？　生贄として差し出されてからもう随分経つのに、今さら誰が呼んでいるの？

声に聞き覚えがあるような気がしたものの、小声すぎて判別がつかない。

しばらくすると浅彦が駆け込んできて、八雲の前で膝をつく。

「どうだった？」

「はい」

浅彦はなぜか言いよどみ、千鶴に視線を送った。

「浅彦さん。私を知っている人なんでしょう？」

妙な胸騒ぎを感じて問うと、浅彦はあきらめたようにうなずく。

「三条家のひささんです」

「ひささん？」

千鶴は驚き、大きな声をあげた。自分を疎んでいたひさがなぜ訪ねてくるのかまったく心当たりがないのだ。しかも、生贄になったのだから、死んだと思われているはずなのに。

「それで？」

「はい。なにやら千鶴さまに願いごとがあるようで」

八雲に促された浅彦は再び口を開いた。

「私が生きていると知っているのですか？」

「いえ。そういうわけではなさそうですが……。いわゆる、神頼み的なものかと」

千鶴が身を乗り出して尋ねると、浅彦は少し困った顔をする。

「神頼み……」

自尊心が高い彼女が、見下していた自分に頼みごとなんて、よほどのことなのだろうか。

千鶴は疑問に思い首をひねった。

「その内容はわかりましたか？」

「いえ。あまり近づきすぎて勘づかれてもまずいと思いまして、引き返してまいりました」

あのひさが、頼みごと……。

なじられた記憶が鮮明に残っているため、頼みごとなど放っておけばいいと思う気持ちと、それほどまでになにに追い詰められているのだろうと気になる気持ちがせめぎ合う。

「私……」

「行かなくていい」

千鶴が口を開くと、瞬時に八雲が口を挟む。

「でも……」

「お前が三条家でどのように暮らしていたのか、浅彦に調べさせた」

「えっ？」

そんな調査をされていたとは知らず、驚きの声をあげる。

「三条家当主の妻と、そして長女には随分こき使われていたようだな」

「それは……」

「しかもその理由が、くだらない見栄《みえ》や嫉妬からだったとか」

調べてあるのなら違いますとは言えない。

「なぜ私の花嫁としてあてがわれたのが、ほかの誰でもなく千鶴だったのか、それで納得した。お前は長女の代わりに自分の命を賭して私のもとに来たのだぞ。その命を差し出せと要求した本人に、今さらなぜ会う必要がある」

千鶴は八雲が珍しく語気を強めるので、申し訳なくなると同時にありがたいと思った。自分より強い憤りを彼が感じているのだとわかったからだ。

「たしかに私は、ひささんの代わりにここに来ました。でも、八雲さまや浅彦さん、それに一之助くんに会えて幸せなんです。この役割をひささんに譲らなくてよかったと思っているくらいですよ」

それは本音だった。膝に自分を信頼しきってすやすや眠る一之助がいて、これほど心配してくれる八雲と浅彦がいる。この日常をひさに渡したくはないのだ。

「ですから、私は不幸になったわけではありません。その点はご理解ください」

千鶴は眉根を寄せる八雲に告げる。

「あぁ」

「ひささんが私に頼みごとをするなんて、正直言って信じられません。使用人に頭を下げたところなんて見た覚えがありませんから。特に、旦那さまが私とひささんを比べることがよくありましたので、対抗心しかないと思います。そのひささんが神社まで足を運び訴えるほど、なにに追い詰められているのか気になるんです」

よほどのことだと千鶴は思った。

「しかし、お前が話を聞いたところでなにかできるわけでもあるまい」

「それを言われるとなんとも。たしかに私はごく平凡な人間で、八雲さまたちのような特殊な能力は皆無です。でも、それをひささんだって知っているはず。それなのに、なりふり構わず私に頼みごとをしようとしているんですよ？」

「それはそうだが」

正論を口にする千鶴に、八雲の声がわずかに小さくなる。

「行くだけ行かせていただけませんか？　なにもできなければそれまでですから」

「だめだ」

もう一度訴えたものの、八雲は断固として拒否を示す。

「八雲さまは、千鶴さまが傷つくのがお嫌なのですよ」

ずっと聞いているだけだった浅彦が口を挟む。すると八雲は千鶴からプイッと顔を背けた。

「八雲さま？」

「そういうことだ。悪いか」

開き直ったかのような八雲の態度に噴き出しそうにはなったけれど、千鶴は心が温かくなるのを感じた。

「悪くなんてありません。すごくうれしいです」

正直な気持ちを伝えても、八雲は目をそらしたままだ。

「でも、大丈夫です。万が一傷ついても、八雲さまが癒してくださいますよね？」

三条家にいた頃とは違う。八雲も浅彦も、そして無邪気に慕ってくる一之助もいる。ひとりではない。

「お前は……」

ふぅ、と溜息をつく八雲は「負けたよ」とつぶやく。

「浅彦。このくっつき虫を部屋で寝かせてくれ」

「かしこまりました」

膝の上の一之助はよほど気持ちがいいのかくてんくてんに眠っており、目を覚ます気配もない。八雲に命じられた浅彦は、一之助をヒョイッと抱きかかえて奥の部屋へと向かった。

千鶴は八雲に手を引かれて神社の境内に向かった。千鶴ひとりでは死神の世界と人間の世界を行き来できないからだ。

「行ってこい」

「ありがとうございます」

八雲は遠くから見守るようだ。千鶴はひさの声がするお社のほうに進む。

「千鶴、お願い。あの人を――」

そして、胸の前で手を合わせてなにかをつぶやいているひさの近くに歩み寄った。

彼女は矢絣《やがすり》の着物に海老茶袴という女学校に通うときの姿だったが、いつも千鶴がマガレイトに結っていた髪は少々乱れ気味で、どこかやつれた様子だ。銀座で見かけたときの弾けた笑みは鳴りを潜め、目の下がくぼんでいる。

もしや、あの帝大生と破局したか、もしくは、あの人が好きなのに、貞明や不二に縁談を持ってこられて困惑しているかのどちらかかもしれないと勝手に推測した。

ひさもう年頃だし、そろそろ嫁にと声がかかってもおかしくはない。男爵家という地位もあり、なおかつ綿糸製造業で成功している三条家の娘なら引く手あまたのはず。女は子をたくさん産めそうかどうかという点が重要視されるが、健康そうだし。ひさの近くで生活していた千鶴には、他にこれほどまでひさの顔を青ざめさせる理由が思いつかなかった。

しばらく彼女をじっと見ていると、気配に気づいたのかひさは顔を上げる。

「ち、ちっ……千鶴?」

ひさは自分で呼んだくせして、腰を抜かしてひっくり返る。死んだと思っているのだろうから、それも仕方がない。

「お久しぶりです」

「しゃ、しゃべった」

眼球が転がり落ちそうなほど大きく目を見開いたひさは、尻もちをついたまままあとずさる。

「私は生きています。ひささんが呼ばれたのでまいりました」

「生きている?」

ひさは少しずつ落ち着きを取り戻し、腰を抜かしたまま千鶴を観察し始めた。

「千鶴、よね。足もあるし……」

「ですから、死んではおりません。死神さまに生かしていただいたんです」

「死神さまに？ やはり、本当にいらっしゃるのね？」

ひさの質問にうなずいた。

「はい。ですが死神さまは、人間が思っているような残酷な方ではありません。慈悲深く、人間にとっていなくてはならないようなお方」

こんなことを話しても信じてはもらえないだろうなと思いながらも、続ける。

「私は死神さまに助けていただきました」

「助けてって……。千鶴は、死神さまと一緒にいるということ？」

「そうですね。幸せに暮らしております」

ひさは信じられないといった様子で、首を横に振っている。

「そ、それではやはり、千鶴は、し、死んでいるのでは？」

どう説明したらいいのかしら。

千鶴は青ざめた様子のひさを見ながら考えあぐね、しばらくしてから口を開く。

「ですから、生きています。それで、なぜ私を呼んだのでしょう？ 用がないなら失礼します」

結局、八雲たちのことをあれこれ明かしたくはない千鶴は、強引に話を進めた。興味本位で死神の世界に首を突っ込んでほしくないのだ。

何度か深呼吸を繰り返したひさは、ようやく立ち上がり千鶴をまじまじと見つめる。そして自分を納得させているのか、二度小さくうなずいた。

「そ、そう……。あっ、あの……。私、好きな方がいて」

うつむき加減でバツが悪そうに伝えるひさは、罪悪感があるに違いない。自分が死神に嫁いでもおかしくはなかったのにあっさりと千鶴を差し出し、自分は好きな人がいるなんて実に勝手だ。

「それで？」

「帝国大学の学生なのだけど、将来を誓い合ったの」

やはり、別の縁談を持ってこられたのか。と頭の片隅で考えた。

自由恋愛なんていう言葉がちらほら聞かれるようになってはきたものの、上流階級になるほど自由ではない。千鶴も子爵正岡家の一員として女学校に通っていた頃は、あと数年でお声がかかり、見知らぬ男性のもとに嫁ぐのだと覚悟していた。

華族令の改正により華族の世襲は男子に限られ、女子しかいない場合叙爵《じょしゃく》されなくなった。女児しか授かれなかった場合は親戚などから男児を養子にするしかなくなるため、爵位を持つどの家も丈夫な男児を産めそうな女を嫁に求める。

その結婚相手を見極めるのは親の仕事で、本人の意思などまるで尊重されない。三条家はひさの下に弟がいるので爵位は彼が継ぐだろうが、ひさやみつは、婚姻でより上流階級の家庭と縁を結び、その家で男児を出産するのが人生最大の仕事。おそらくひさも、好きになった男性とは結ばれないだろう。

「そう、ですか。でも、反対されたんですね？」

「紹介もしていないわ。彼は薩摩《さつま》藩出身の勲功華族の家柄なのだけど、とても優秀な方なの。ただ……。伯爵家のご令嬢との縁談が持ち上がっているわ」

縁談があるのは、お相手のほう？

推測が間違っていた千鶴は驚いた。

「それで、お別れを？」

「ううん。別れられないの。だから、駆け落ちしようと……」

大胆な計画を聞かされて、今度は千鶴の腰が抜けそうだった。不二の言いなりだったひさに、まさかこんな強い意志があるとは。

「でも、信一《しんいち》さんが……」

男の名を口にしたところで、ひさの目から大粒の涙が流れ出す。

「どうしたんですか？」

「信一さんが……帝大の近くで馬車にはねられて……」

「えっ！」

色恋沙汰の悩みだとばかり思っていた千鶴は、事故と聞き愕然とした。

「その方はどうなったんですか？」

千鶴は、ひさを励ますように背中に手を置いて尋ねた。

「病院に運び込まれて、ずっと危険な状態が続いていて……」

八雲が管理する台帳を確認すれば、その人の寿命はすぐにわかる。ひさがどれだけ生きてほしいと懇願しても、台帳に記された死の時刻がすべてなのだから。

「信一さんの、苗字《みょうじ》は？」

「伊東《いとう》。伊東信一さん」

千鶴は一応尋ねたものの、命の期限が判明したところでどうしたらいいのかわからない。死期が間近に迫っていても、その日時を変えられないのだからむなしいだけだ。

「ねぇ、千鶴。死神さまはどこにいらっしゃるの？」

「それは……」

なんと答えたらいいのか迷い言葉を濁す。

「お願い。死神さまに信一さんを助けてほしいと頼んで」

「そんな、無茶です」

そもそも八雲が死期を取り決めているわけでもないし、信一の死期は生まれた瞬間に決定しているのだから。台帳に近い日が記されていればこの事故で命を落とすことになるだろう。そうでなければ治療はうまくいくはずだ。

「ねぇ、お願い！」

驚くことに、ひさはその場に正座して、千鶴に向かって頭を下げる。自分の使用人であり、あれほど見下していた者相手にこのような行為をするとは。

「お願い。死神さまにどうか伝えて。信一さんの命を助けて」

「ひささん……気持ちはわかるのですが、それは無理なんです」

「どうして？　死神さまに連れていかないでとお願いしてよ」

顔をくしゃくしゃにして泣き叫ぶひさは、膝をついた千鶴にすがりついて「お願い」と繰り返す。

「死神さまが死期を決めているわけではなくて――」

「もう時間がないの。あの人が逝ってしまう。嫌……助けて！」

ひさは話を冷静に聞ける状態ではなく、髪を振り乱して千鶴の腕をあざができそうなほど強い力で握る。

「落ち着いてください」

「ねぇ、今まで私があなたにしたことは謝るわ。この通り」

ひさは改めて深々と頭を下げるが、そういう問題ではないのだ。

「顔を上げてください。どうしても無理なんです」

「だって、死神さまと暮らしているんでしょう？　なにがいるの？　お金？」

取り乱したひさは、頬の涙を拭うことすらせず絶叫している。

「死神さまは、そんなものに興味はありません」

千鶴は自分をあっさり死神に差し出した彼女が、必死に男の命乞いをしている姿に複雑な感情を抱いたものの、胸が痛まないわけではない。誰だって大切な人が逝ってしまいそうだとわかったら、こうなるかもしれない。

「それならどうしたらいいの？　千鶴が頼んでくれないなら、私がお願いする。死神さまはどこ？」

ひさはふらふらと立ち上がり、社の奥に行こうとする。

八雲はあちらに戻っただろうか。千鶴にはわからなかった。

「ひささん、話を聞いてください。死神さまは命の長さをお決めになっているわけじゃないんです。魂を黄泉にお導きくださっているだけ」

「嘘よ。皆、死神さまが枕もとに立つと逝ってしまうって。お願い、あの人を助けて！」

千鶴は困り果てていた。興奮状態の彼女には、説得など効果はなさそうだ。

「無理なんです」

だから事実を短く伝えた。するとひさはギリギリと歯を噛みしめ、「冷たい人！」と千鶴をなじる。

今はなにを言っても彼女の心には届きそうにない。
「ごめんなさい。なんと言われても無理なんです。彼のそばに行ってあげてくださ
い」
もし死期が近いのなら、近々八雲が向かうだろう。死ぬ日時は変えられないのだか
ら、ここで叫んでいるより少しでも長くそばにいてあげたほうがいい。
そう思った千鶴は、ひさを促した。
「そっか……。死神さまは魂が必要なのね。ね、それなら別の魂をあげる」
「はっ？」
とんでもない勘違いをしているひさの目は焦点が定まっておらず、明らかにおかし
い。
「そうね……。とみを連れてくるわ。とみの命をあげる。その代わり、信一さんを助
けて」
ひさの発言を聞いた千鶴に、衝撃が走った。
使用人として仕えるとみの命をいとも簡単に差し出すなんて、ありえない。信一が
危篤に陥り、命の重みに気づいたのではなかったの？
とてつもない不信感に襲われた千鶴は、頭が真っ白になる。
「ひささん、ご自分がなにを言っているかわかっていますか？」

千鶴は怒りを抑え、震える声を絞り出す。

とみは、死神に嫁がなくてもいい方法を必死に探ってくれた仲間なのだ。覚悟を決めて白無垢を纏ったあの日、唇を嚙みしめて涙してくれた、大切な――。

「とみの命では不足なの？」

――バチン！

怒りをこらえきれなくなった千鶴は、ひさの頬を思いきりぶった。するとひさは左頬を押さえて、千鶴をにらみつける。

「没落華族風情が、私に手を上げるなんて！」

強い調子で批判されたが、堪忍袋の緒が切れた千鶴は引き下がるつもりはない。

「たしかに正岡家は没落しました。ひささんのようにきれいな着物も着られなくなった。高等女学校にも通えなくなった。それどころか使用人として毎日這いつくばる日々でした」

千鶴は三条家での生活を顧みた。

父の失脚から生活が一変して、不二やひさに罵倒され、胸が張り裂けそうに痛んだ。けれども、自分にできることを必死にしていたら、使用人の仲間に受け入れてもらえて、それなりの楽しみも得た。

落ちぶれたのを嘆くだけでは事態は好転しないとわかった千鶴は、自分なりによき人生となるよう努力を重ねてきたつもりだ。

「ですが、〝心を清く保ち、人々の役に立ち、その手本となるべし〟という華族としての矜持を忘れたことはないんです。自分のために働いてくれる者の命をあっさり犠牲にするような華族としての誇りすら忘れたあなたに、なじられる覚えはありません！」

千鶴がこれほど怒りをあらわにしたのが初めてだからか、ひさは完全にひるみ言い返してもこない。

「命に不足なんてないんです。とみさんの命をあげる？　ひささんは私の命も簡単に差し出しましたよね。華族はそんなに偉いんですか？　人の命をどうこうできる権利があるのでしょうか」

抑えなければと思っても、ハレの日の衣装を絶望感でいっぱいになりながら纏ったあの瞬間を思い出すと止まらない。自分の命が、ごみでも捨てるかのようにぞんざいに扱われたことへの怒りがあふれ出してくる。

「ひささんは三条家にたまたま生まれただけ。華族令嬢としての努力をなにもしていないあなたに、毎日必死に働く使用人たちが馬鹿にされるいわれはありません。男爵の名をそれ以上汚さないでください」

わなわなと唇を震わせる千鶴の目からも涙があふれていた。

「命はお金では買えないし、華族だからといって自由に扱っていいものではないんです！」

握った拳が震える。これほど腹が立ったのは初めてだった。

「それでは、お前が自分の命を差し出せ」

そのとき、背後から低い声が聞こえてきたので視線を向ける。そこには表情をなくした八雲がいた。

「八雲さま……」

八雲は千鶴の隣まで歩み寄り、背中のうしろに隠す。

「私はお前が面会を所望した死神。千鶴に暴言を吐くのは、この私が許さん」

死神と聞いたひさは、腰を抜かさんばかりに驚愕している。

「話は大体聞こえた。それではその男を救ってやろう。お前の命と引き替えにな」

八雲がすっとひさを指さした。

「はっ……。お、お許しを……」

「男を助けたいのであろう？」

あとずさるひさに、八雲は問う。

「そ、そうですが……。でも……」

「でも、なんだ？　自分は死にたくないか。勝手な女だ」

カタカタと歯を鳴らすひさは、一目散に神社を駆け出していった。

「所詮、人間の愛などこの程度だ。くだらん」

強い口調で吐き捨てる八雲の顔には、やるせなさがにじむ。

八雲は振り返り千鶴を見つめた。

「お前は正しい」

「八雲さま……」

千鶴の瞳から一旦は止まっていた涙が再びあふれた。

「泣くな。お前が泣くと調子が狂う」

八雲は眉根を寄せ千鶴の腕を引く。そして優しく抱きしめた。

「だって、八雲さまがお優しいから」

「私はいつも優しいだろう？」

「そうでもないです」

妙に恥ずかしくなって否定したものの、もちろん八雲はいつも優しい。自分を殺めると思い込んでいた死神の腕の中は温かすぎた。

「手厳しいな」

八雲はふっと笑ったものの、千鶴の背中に回した手に力を込める。

「もう泣かなくていい」

「はい。あの……。ひささんのお相手は……」

ひさをあんなふうに追い返したものの、信一の容態は気になる。とみの命と引き替えになんて絶対にさせるつもりはないけれど、信一にもよくなってほしい千鶴は、びくびくしながら尋ねた。

「調べてみよう。とりあえず帰るぞ」

「はい」

八雲は千鶴の頬の涙を大きな手で拭って促す。ふたりは静かになった神社をあとにして屋敷に向かった。

迎えた浅彦は千鶴の泣き顔に驚いた様子だったが、お茶を淹れてくれと八雲に命じられて、なにも探らずに頭を下げて離れていく。

「少し、頭を冷やします」

千鶴もまた八雲に会釈して自室に向かった。

部屋の真ん中に正座して、放心する。

ひさに手を上げたことはまったく後悔していない。ただ、八雲の『所詮、人間の愛などこの程度だ。くだらん』という言葉が深く胸に突き刺さった。

八雲は人の魂がこの世にさまよい続け悪霊にならないようにするために、罵倒されても甘んじてそれを受け、嫌われようともあの儀式を止めようとはしない。それは彼の死神としての責任感と優しさゆえだ。

せっかく、愛を知りかけていたのに……。

愛を知るどころか、八雲の人間嫌いがますます進むかもしれないと思うと、千鶴は妙な責任を感じていた。

「千鶴さま。お茶をお持ちしました」

どれくらい時間が経っただろう。障子の向こうから浅彦の声がする。

「どうぞ」

開いた障子の向こうには、若芽を芽吹く庭の木々が見える。生命力あふれるこの場所に住んでいるのが、死を司る死神なのは皮肉だった。

静かに障子を開け、一礼して入ってきた浅彦は、千鶴の前にお茶を置く。

「八雲さまが持っていけと」

「そうでしたか。私、八雲さまを傷つけたかもしれません」

正確には〝私〟ではなく〝私たち人間〟だけど。

「大体の話はお聞きしました。でも、千鶴さまが八雲さまを傷つけたというのは違うかと」

「八雲さまはそもそも人間がお好きではありませんよね。私、その気持ちはよく理解できるんです。八雲さまもおっしゃっていましたが、死を目前にしたとき、隠れていた汚い本性が顔を出します。魂を黄泉に導こうとしている八雲さまに暴言をぶつけたり、恨みつらみを吐き出したりする者もいるでしょう」

千鶴の話に神妙な面持ちの浅彦はうなずく。

「さっきのひさささんもそうです。大切な人を守りたい一心で、醜い心をさらしました。

ですが、それが人間です。私も同じ立場なら、取り乱すと思います。彼女の場合は、私も腹が立つほど間違った守り方でしたので、八雲さまがお怒りになったのも納得ですが」

「八雲さまは、さまざまな死に方に直面されます。大往生と言われる老衰もあれば、突然の事故死もある。はたまた自死も」

「自死……」

たしかに年に何度かそんな噂《うわさ》が走る。

そこで口を閉ざした浅彦は、しばしの沈黙のあと意を決したように話し始めた。

「人の世では、叶わない恋というものが多数存在しますよね」

「はい。華族はほとんどが親の勧める縁談で結婚を選びます。惚《ほ》れた者同士が夫婦になる事例は、双方の身分や利害が一致しない限りまずありません。婚姻は家と家の契約なのです」

信一の伯爵令嬢との縁談もそのうちのひとつで、決して珍しくはない。

「心に決めた者と添い遂げるために、駆け落ちをする事例も多いとか」

「はい。ひささんもそう」

駆け落ちしようと話し合っていたのに、信一が事故で命の危機に陥ったのだ。

「八雲さまが台帳でお調べになったところでは、相手の男の死期は今ではないようです」

「そう、でしたか。よかった」

つまり信一は助かるのだ。

「ただ、命の危機にあるような大けがを負ったなら、健康な体を取り戻せるかはわかりませんよね」

たしかにそうだ。千鶴はハッとした。

「そうすれば、男の縁談はおそらく消滅するでしょう。そしてひささんと結ばれて幸せになるという未来――」

「も、ないんですね」

浅彦の言葉を遮ると、彼はうなずく。

「そうだわ。三条のご両親が許すはずもない」

三条家は華族ではあるが維新後称号を賜った男爵家であり、華族の中での地位を考えるとさほど高くはない。しかし、綿糸製造業で大成功しているので、財産はたっぷりある。とすれば、華族としての箔《はく》をつけるために、より高い身分の華族との婚姻を望んでいるはずだ。

ひさの恋人信一も、勲功華族と言っていたので三条家と同じような立場だ。伯爵令嬢との婚姻話が進んでいるのは、やはり社会的地位を得るためだろう。

そもそも三条家にとっては、信一はそれほど望まれた立場の人でもなく、ましてや健康を害したとあらば、絶対に結婚を反対される。

「ひささんは駆け落ちを覚悟されていたようですが、それもお相手が元気だったからでしょう。たとえば、もしこの事故で相手の男が歩けなくなったとしても、彼女は愛を貫くとお思いですか？」

千鶴はとっさに首を横に振っていた。ひさにそこまでの愛はないと感じたのだ。心底愛し自分より大切なくらいの存在であれば、先ほど八雲に『お前が自分の命を差し出せ』と言われたとき、そうしたはずだからだ。

「ままごとなのですよ。自由に愛を貫けないと、愛を叫びたくなります。反対されると、意地になる。愛を貫こうとする自分に酔い、恍惚感《こうこつかん》を味わいたいのです。愛だの恋だの……」

辛辣な言葉を並べた浅彦はそこで口を閉ざし、なぜか悔しそうな顔をする。浅彦も八雲と同じように人間が嫌いで、愛を信じていないのかもしれないと千鶴は感じた。

「愛を貫きたい男女が、心中することがしばしばあります」

再び口を開いた浅彦は、すーっと息を吸い込んで心を落ち着かせようとしているように見える。先ほど彼は自死と口にしたが、それにあたるのだろう。

「はい。女学校時代の先輩もひとり……」

彼女は十六で縁談が持ち上がり、使用人だった男と一緒に生涯を閉じた。許されない恋をしていたのだ。

「それが本当の愛のときもあれば、そうではないときもあるのをご存じですか？」

「そうではないとき？」

愛しあっているから心中を選ぶのではないの？

意外な浅彦の言葉に、千鶴は首をひねる。

「男の中には卑怯《ひきょう》な輩《やから》もいて、女と関係を結びたいがために安易に愛を語る者がいます。それを信じた女は初めて知った恋に盛り上がりすぎて、男に執着します」

「そんな男が？」

千鶴は愕然とした。三条家に使用人として雇われてから、そういった話には疎く、世間を知らない。

「はい。そもそも男は結婚する気がないので、結婚を迫ってくる女とは縁を切りたい。でも、女はますます依存してきて……どうしようもなくなった男が心中を持ち掛けることがあるのです」

「えっ?」

千鶴には浅彦の話がうまく呑み込めない。

「つまり、心中すると見せかけて、自分は死ぬ気がない。毒を使う場合は飲むふりをするか、致死量をあらかじめ調べておき自分は死なない程度に口にして、女にだけ多量に飲ませる。川に身投げするときは、あらかじめ助かる算段をしておき、場合によっては女を水に沈めて溺死させる」

「まさか……」

それは心中ではなく殺人では?

衝撃を受けた千鶴の頭は真っ白になった。

「死人に口なしですから、警察沙汰にはなりません。ただの心中未遂と認識されて、男は〝死ねなかったかわいそうな人〟になります。しかもそのような記憶はすぐに薄れ、男は別の女と結ばれるのです」

それを聞き虫唾《むしず》が走った。人間はなんて滑稽で浅はかなのだろうと打ちのめされ、落胆する。

「八雲さまは、そうした男女のところにも印をつけに行かねばなりません。もちろん、女のほうだけに。いや、まれに男女逆の事例もあるのですが」

もう言葉も出なかった。八雲は偽りの愛をささやき、しかも相手がいらなくなったからと殺そうとする人間と多数対峙したがため、人間嫌いになり、愛という概念を理解できないのだ。

「八雲さまは、さらに人間不信を深めてしまわれましたね」

千鶴は肩を落としてつぶやく。

「そう、ですね。人の醜い心をあれだけ覗かれていては、そうなる気持ちもわかります。愛がわからないとおっしゃるのも。ですが……」

浅彦は途中で言葉を止めて、千鶴をじっと見つめる。

「以前とも違う気がします」

「違う？」

「はい。他の命を差し出そうとしたひささんにはもちろん立腹されていますし、あきれていらっしゃる。ただ、どの人間もそうかというと、そうではないとおわかりになっているはずです」

浅彦が奥歯にものの挟まったような言い方をするため、ピンとこない。首を傾げると彼は笑みを浮かべた。

「八雲さまが、今晩は鶏《とり》すき焼きが食べたいとおっしゃっています。それも、千鶴さまがお作りになった」

最近では千鶴が台所に立つ回数が多くなってはいるが、一之助がぐずるときは浅彦に任せるときもある。しかし特に八雲からどちらが作れと指示されたことはない。

「はい。同じように見えるのに、私が作ったか千鶴さまが作ったか、ひと口で判別されるのをご存じですか?」

知らなかった千鶴は目を丸くして首を振る。

「私が?」

「八雲さまが?」

「はい。今晩観察なさってください。食べた直後、作った者にチラリと視線を送られますから」

「本当ですか?」

まったく気がつかなかった。

千鶴は驚くと同時に、八雲がなんだかかわいらしく思えた。死の儀式を取り仕切る高尚な死神に向かって失礼かもしれないけれど。

「なんでわかるんでしょうね。味付けも同じにしているつもりですけど」

浅彦の言う通りだ、最初の頃は浅彦の作る料理は下ごしらえが不十分だったり、だしが利いていなかったりで大味だった。けれども、千鶴が料理を振る舞うようになってからは手順を覚え、今ではほとんど同じものが作れるようになっている。

「本当ですね」

千鶴は返事をしながら、傷つけてしまった八雲にうんとおいしい鶏すき焼きをこしらえようと考えていた。

夕げの頃には昼寝をたっぷりした一之助はとても機嫌がよく、皆で膳を囲んだ。要望された鶏すき焼きは大きな鍋で作ったが、ひとりずつ椀に盛って出してある。

浅彦の話が気になっている千鶴は、八雲が鶏肉を口に運ぶ様子をこっそり観察していた。すると、数回咀嚼《そしゃく》した彼は視線を千鶴に向ける。

本当だ……。どうしてわかるの？

ちょっとした感動を覚えていると、八雲は千鶴を凝視したままで視線をそらそうとしない。それを見た浅彦は笑いを噛み殺していた。

「なんだ？　お前たち、なにをたくらんでいる？」

「た、たくらんでなど……」

へそを曲げる八雲に千鶴が焦っていると、浅彦が口を開く。

「八雲さまはわかりやすいですね」

「なにがだ」

「千鶴さまの行動やお考えを把握していないと、途端に不機嫌になられる。特に、八雲さま以外の者が知っているときはなおさらです。あ、今は私ですが」

まるで煽《あお》っているかのような発言に、八雲は「なんのことだ」とぶっきらぼうに言い放った。

「八雲さまは、料理をひと口食されるだけで千鶴さまが作ったものか私が作ったものか見破られるという話をしていただけですよ。この鶏すき焼きが千鶴さまの味だとおわかりになったのでしょう？」

浅彦は楽しげに話を進める。一之助は興味がないようで、パクパクとご飯を口に運んでいた。

「それは、今日は千鶴の作った料理が食いたいと言ってあったからだ」

「そうでしたか。それでは他の料理はどうでしょう？　私の作った料理がどれかあててください」

浅彦がけしかけると、八雲は仕方なさそうにひじきの煮物も口に運び、そのあと味噌汁も。そして千鶴と浅彦の顔を交互に見たあと黙り込んだ。

「なにをお迷いですか？　おわかりになったのでは？」

「浅彦。お前、嘘をついているな」

「やはりおわかりだ」

浅彦が大笑いしたのは、今日の料理はすべて千鶴がこしらえたからだ。『私の作った料理がどれかあてててください』などと問われては、どれかひとつは浅彦の手によるものだと思いそうなものだが、その言葉に惑わされず千鶴の味だと認識したということになる。

「八雲さま、どうしておわかりになるのですか？」

「さあ」

千鶴は単純に質問をぶつけたけれど、八雲もわからないようで気のない返事だ。

「それはもちろん、愛でしょうね」

浅彦が口を挟むと、八雲がギロリとにらむ。

「くだらないことを言ってないで、早く食え。千鶴。明日から浅彦の分の飯はいらぬ」

「いりますよ？」

焦って否定した浅彦は、意味ありげな笑みを浮かべている。

愛って……。

先ほどは、八雲が判別できる理由がわからないと話していたくせして、『愛』と断言する浅彦の発言が引っかかり、千鶴は八雲の顔をまじまじと見つめてしまう。すると八雲の耳がほんのり赤らんでいるのに気づいて、妙に恥ずかしくなった。

なんなのかしら、このムズムズした気持ち。

千鶴は不思議に思いながらも、鶏すき焼きに箸を伸ばした。

食事が済むまでは浅彦が場を盛り上げていたので千鶴の気持ちもあまり沈まなかったが、一之助を風呂に入れて寝かしつけたあと仕事がなにもなくなると、ひさの顔がちらつきだした。

とても眠れないと感じた千鶴は、縁側に出て空に上る月を眺めていた。

「千鶴」

するとそこに姿を現したのは八雲だ。風呂上がりの彼は千鶴が結った髪も解かれていて、着物の襟元から覗く肌がほんのり赤らんでいるせいか、妙な色気を放っている。

千鶴は目のやり場に困り、庭に視線を移してから口を開いた。

「どうされたのです?」

今日は久々に仕事もなくゆっくり休めるはずなのに。

「いや、お前の心が泣いている気がしたんだ」

八雲は千鶴の隣に腰を下ろし、同じように月を見上げた。

「八雲さまはなんでもお見通しなのですね」

料理の味だけでなく、心の中まで。

「そうでもない。浅彦がなにを考えているのかまるでわからん」

「あはっ」

とすると、わかるのは私限定なのか……。

そう考えた千鶴は、うれしいような恥ずかしいような気持ちになる。

「今日は、申し訳ありませんでした。八雲さまに随分嫌な思いをさせてしまったかと」

謝罪の言葉を口にすると、八雲は首を横に振る。

「千鶴が謝る必要はない。人間に良心というものがあると信じていると、そうでないときの衝撃が大きい。お前は穢れを知らなすぎて、壊れないか心配している」

「私？」

千鶴は八雲の心配をしていたのに、八雲は千鶴を慮《おもんぱか》っていた。

「そうだ」

「人の浅はかさは知っていますよ。父が失脚して爵位を失った途端、周囲の人がすさまじい勢いでいなくなりましたもの」

父のために骨身を惜しまずというような態度だった者も、あっさりいなくなった。しかも、父の近くにいた者たちは薄々冤罪《えんざい》だとわかっていたはずなのに。利用価値がなくなった途端、これだ。

「三条家に仕えてからは、奥さまとひささんに集中的になじられましたので、私も人間不信でした。だって、私がなにか失敗をしでかしたならまだしも、旧華族が憎いとか、旦那さまが声をかけるのが気に食わないとか、私の努力ではどうにもならないことで恨まれても困るというか……」

正岡家の没落からいろいろな経験をした。

「その通りだな。それでもお前は負けずに強く生きていた。それなのに、裏切られたのだ」

八雲の鋭い指摘になにも言えない。必死に生きた結果、生贄に選ばれるという最悪な人生だった。

「私の花嫁に仕立てられたとき、街で叫べばよかった。三条家は娘を出すのが嫌で、使用人を身代わりにした。自分たちのことは守るのに、他人はあっさり裏切るとでも。そうしたら、お前はこんなところに来ずにすんだかもしれないのに」

そのようなことはこれっぽっちも考えなかったと千鶴は嫁入りの日を思い出していた。

「小石川の流行風邪を止めるには、誰かが死神さまに嫁ぐしかないと思っていましたから。もちろん、それが自分だったのには衝撃を受けましたし、涙が止まりませんでした。でも、人の役に立つべしと教えられて育ちましたので、私の役割なのかもしれないとも思いました」

「それが、華族の矜持というものか」

「まあ、内心誰かに代わってほしかったので、きれいごとなんですが」

こうして笑ってあのときの話ができるのが不思議だった。死神が、人々が思い描いている通りの恐ろしい存在であれば、今頃生きてはいないのだから。

「代わってほしいと思いつつもひとりで乗り込んできたのだから、立派に役割を果たしたのだよ」

「生贄を所望されてはいませんでしたけどね」

千鶴がクスリと笑うと、八雲も頬を緩める。

「お前の高潔さには感心している。しかし、そのために自分の心を削るようなところがあるのは心配だ」

「八雲さまに心配していただけるなんて、幸せ者ですね。ありがとうございます。それと、さっきのお話ですが、私はここに来られて幸せですよ。最初は怖かったですけどね」

少しおどけた調子で言った千鶴に、八雲は真摯な眼差しを注ぐ。

「いつもそうやって強がってばかりなんだよ、お前は」

「えっ……？」

「だから心配なのだ。悲しみや苦しみは、誰かに吐き出したほうが楽になる。私では不足か？」

それは、愚痴を聞くぞと言っているの？

八雲と視線を絡ませると小さくうなずかれて、この人には敵《かな》わないなと感じた。

「私……三条家に仕えてから、本当にいろいろありました。でも、白無垢を身に着けたときが一番悲しかったんです。父が犯罪者に仕立てられて没落した家の女なんて貰《もら》い手はないでしょうけど、白無垢で旦那さまとなる人のもとに嫁ぐのはあこがれでしたから。せめて晴れやかな気持ちで纏いたかった……」

「そうか」

八雲は隣に座る千鶴の腰をそっと抱いた。いつくしむように、優しく。

「だからさっきひささんと話していて、猛烈に腹が立ちました。あっさりと生贄に仕立てられたのはもちろんですが、苦渋の思いであきらめたあこがれを彼女には理解できないのだろうなと思えてしまって。器が小さいですよね」

ひさと話したとき、白無垢を纏い恐怖におののきながら神社の鳥居をくぐった瞬間を思い出してしまった。そうしたら、悔しい感情があふれてきた。

「器が小さいわけがなかろう。もっと怒ってもいいくらいだ。しかしお前はまだ死なない。そのあこがれ、いつか叶うかもしれないぞ」

八雲が意外な発言をするので、返事をしそびれた。

「そろそろ寝たほうがいい。眠れるか？」

「いえ。なんだか脳が興奮していて」

「そうか。しかし体は休めたほうがいい。一之助が明日も遊べとせがむだろう」

「そうですね」

同意すると、八雲は千鶴の手を引き部屋に入る。そして、敷いてあった布団の中に促した。

「目を閉じて」

枕もとにあぐらをかき、優しくささやく八雲の顔を見ていると、浅彦の心中の話が頭に浮かぶ。八雲は『お前は穢れを知らなすぎて、壊れないか心配している』と話したが、彼が人間の汚い部分を知りすぎて壊れないか、千鶴はひやひやしているのだ。

「どうした？　なぜ泣く？」

泣くつもりなどなかったのに、勝手に涙が流れていた。それに気づいた八雲は、千鶴の目尻をそっと拭う。

「八雲さまは、どうして苦しい思いをしてまで人間の魂を黄泉に導いてくださるのですか？　放っておけばいいのに」

そうすれば、人の醜い感情を覗かなくてもよくなる。

「そうだな……。その質問の答えがあるとしたら、私が死神だからだ」

「そんなの、答えになっていません」

抗議すると、八雲はふっと口元を緩める。

「また私の心配か？　今日は疲れているのだから、自分の心配だけしておけばいい」

柔らかな口調でそう口にした八雲は、千鶴の頭を一之助をあやすときのように撫でる。

「でも……」

「あぁっ、もう！　つべこべ言うな」

なぜか突然怒りだしたと思ったら、八雲は千鶴の手を強く握りしめた。その行為に驚いた千鶴は、一瞬呼吸をするのを忘れる。

「八雲、さま？」

「千鶴は、華族の矜持と話しただろう。それならば死神の矜持だ。難しいことを考えるから眠れないのだぞ、お前は」

八雲は千鶴の顔を覗き込む。吐息がかかるほどの距離で見つめられては、胸の鼓動が勝手に速まっていく。

こんなことをされたら、余計に眠れないわ。

そう感じたけれど、八雲の心配や優しさが嫌というほど伝わってくるので、なにも言えない。

「お前が眠るまでここにいる。だから安心して目を閉じろ」

「はい」

そういえば、一之助も不安な夜は一緒に寝てほしいとねだる。八雲はいろいろあった今日、過保護なまでに心配しているのだとわかり、素直に目を閉じた。

翌朝、うっすらと明るくなってきたのに気づいた千鶴がまぶたを持ち上げると、目の前に八雲の整った顔があって飛び起きた。

「な……」

「あぁ、すまない。私も眠ってしまったようだ」

千鶴が起きたのに気づいた八雲は、けだるそうに髪をかき上げる。その様子が妙に色っぽくて、さらには、八雲の浴衣の襟元が大きくはだけ胸筋があらわになっているので、千鶴は慌てふためく。

「あのっ、ちょっと……」

「重ね重ねすまない」

とてもすまないと思っているようには感じない軽い言い方をする八雲は、体を起こして浴衣を整え、帯を結び直す。そして、千鶴に視線を合わせた。

「眠れたか？」

問われて、ハッとする。今までになくぐっすり眠れたからだ。これほど目覚めがいいのは久しぶりだった。

「はい。八雲さまは？」

死神は人間ほど睡眠が必要ないらしいが、一応尋ねる。

「あぁ。なにかとてもいい夢を見た気がする。残念ながら忘れてしまったが」

「死神さまも夢を見るのですね」

「もちろん。よくない夢が多いのだが、今日は違ったな」

優しい表情をした八雲は立ち上がり、千鶴の頭をポンと叩いてから部屋を出ていこうとする。しかし振り返り、口を開いた。

「言い忘れたが、ひさの想い人の寿命はまだ先まで残っている」

「はい。浅彦さんにお聞きしました」

「なんだ、そうだったのか。昨日のことはもう忘れろ」

「そうですね」

千鶴は笑顔で返事をした。

八雲のために心を込めてうんとおいしいお味噌汁を作ろう。

助けられてばかりの千鶴は、そう心に決めて台所に向かった。

それから三日。再びひさが姿を現すことはない。八雲に『忘れろ』とくぎを刺されたもののまったく気にしないというわけにもいかず、食事を作りながら手が止まった。

「千鶴さま、お疲れでしたら私が」

浅彦が目ざとく見つけて代わろうとするも、千鶴は首を横に振る。

「ごめんなさい。大丈夫です。最近、八雲さまが食べたいものをおっしゃるので作りがいがあって」

今朝は豆腐の味噌汁を指定された。

「八雲さまは、最近口数が多くて私もうれしいです。千鶴さまがいらっしゃるまでは、本当に暗くて。人間が心に描く死神そのものでしたから」

「暗くて悪かったな」

背後から八雲の声がして、浅彦の目が飛び出しそうになっている。

「あっ、いえっ……」

「浅彦。一之助が顔を洗うついでに水遊びを始めていたぞ。着替えさせてやれ」

「は、はいっ」

浅彦は逃げるように台所を出ていった。

「昨晩はお忙しかったようですが」

「三人ほど重なったからな。わざわざ起きてこなくてもいいぞ」

ふたりは儀式に向かい、朝方帰ってきた。玄関で待つのを禁じられたので布団で眠ってはいるがやはり気になり、玄関の戸が開く音が聞こえると飛んでいくのだ。

「でも、お出迎えしたいので許してください」

「頑固なやつだ」

八雲は頰を緩める。

「昨日、浅彦にひさたちの様子を探らせた」

かまどの前の千鶴の横に立った八雲は語りだした。

「そうでしたか。それで？」

「信一という男は足に大けがを負っていて、しばらくは入院らしい。ただ、歩けなくなるようなことはないと」

命が助かるのは台帳の記録からわかってはいたけれど、けがの具合を心配していた千鶴は、「よかった」と大きく息を吐き出した。

「あんなことがあったのに、まだ心配していたんだな」

「すみません。でも、たとえわだかまりがある人でも、その人の想い人が亡くなったり不自由になったりするのは心が痛いですから」

「恨みつらみが募って、その相手を呪い殺したいという者もいるぞ？」

八雲の話にギョッとしたが、千鶴は笑顔を作る。

「呪い殺したら、自分に禍《わざわい》が降ってきそうですもの。それに、命の期限は決まっているんですよね？」

「そうだな」

それなら、呪っても意味がない。

「でも、転べ！　くらいは願ってしまうかも」

「転べとは……。お前は優しいのだな」

八雲は楽しそうに笑う。

初めて会ったときとは別人のような柔らかい表情の八雲を見て、千鶴の心も和む。

「それはそうと、味噌汁が沸騰しているが？」

「あーっ！」

八雲と話していると時間を忘れる。慌てて鍋を火から下ろした。

朝食のあとは、庭に出て一之助と一緒に障子の貼り替えにいそしんだ。破ったのは一之助だが、まだ幼いのだからガミガミ言っても仕方がない。

「一之助くん。貼り替えるから好きなだけ破っていいよ」

「いいの？」

「あっ、貼り替える障子だけね。お部屋のは、わざとはだめよ」

屋敷中の障子を破られそうだと慌てて付け足す。

一之助が楽しそうに障子に指を突き刺し始めた頃、「千鶴」とまたひさの呼ぶ声が聞こえてきた。

八雲に命を差し出せと脅されたため、もう二度と顔を出さないと思っていた千鶴は、驚き門の外に視線を送る。

「千鶴さま」

声に気づいた浅彦も縁側に出てきて声をかけてくる。

「ひささんだわ。なんの用かしら。信一さんは回復なさっているんですよね？」

「はい。もう意識が戻っているはずです」

もしや懲りずに八雲に命乞いをしに来たのかと思ったけれど、命の危機を脱しているのならばそうではない。けがの治療は医者の仕事で、死神に頼む者などいないだろうし。

「私、会ってきます。浅彦さん、一緒に行っていただけますか？」

八雲か浅彦を伴わなければあの神社に行けない千鶴は、お願いした。

「それは構いませんが……。行かれるなら八雲さまとご一緒に」

「ですが、また八雲さまを傷つけてしまったら申し訳ないので」

「黙って出ていかれたほうが傷つくが？」

ふたりの会話に入ってきたのは八雲だった。

そうなの？　千鶴は少し意外に思う。

「神出鬼没ですね。先ほどうたた寝をされていませんでしたか？」

浅彦が尋ねたがまるで無視。八雲は千鶴に歩み寄り、「行くぞ」と声をかけた。

「でも……」

「行かぬのか？　お前には私を伴って行くか、行かぬかしか選択肢はない」

威圧的な物言いだったが、もちろん自分を心配しての発言だと千鶴は承知している。

「それでは……一緒に行ってください」

千鶴は八雲に甘えた。すると八雲はなぜか目をキョロッと動かし、視線をそらす。

「八雲さまが照れるとそういうお顔をされるのですね」

「浅彦。屋敷中の障子を貼り替えておけ」

「えっ、それは勘弁してください」

どうやら浅彦は余計なひと言を口にしたようで、八雲がへそを曲げている。

「知らん。千鶴、行くぞ」

浅彦の懇願をあっさり却下した八雲は、千鶴の手を引いた。こうして触れていなければ千鶴は人間界には戻れないのだが、八雲の照れた顔を見たばかりなので、千鶴のほうが心臓を高鳴らせていた。

しかしそれも神社のお社が見えてくるまで。ひさの姿が視界に入ると、緊張で表情が引き締まる。

「千鶴」

何度も千鶴の名を呼び続けるひさは、心なしか頰がこけていた。

「ここです」

八雲には見えない場所で待機してもらえるように頼み、ひさの前に足を進める。

「よかった。もう会えないかと思った」

「……はい。なにか、まだ用がありますか？」

率直に尋ねると、ひさは突然深く腰を折った。

「ごめんなさい」

「えっ……」

「私、すごく失礼なこと言ったわ。あなたやとみの命を軽く考えていたこと、反省したの」

ひさはそう話すけれど、いまいち信じられない。今までの言動とはあまりに異なるからだ。

「信一さんの命が危ういと宣告されて取り乱したのに、他の命がどうでもいいなんて本当に馬鹿よね。私、千鶴の言う通り、華族の家にたまたま生まれただけなのに、使用人は自由に使える自分の駒くらいにしか思ってなかった」

母、不二がそういう態度のためそれも致し方ないような気もするけれど、妹のみつはそうでもないのだから、やはりひさの問題なのだろう。

「でもあの死神さまに自分の命を差し出せと言われて、初めて自分がどんなにひどいことをしてきたのか気づいたの。そんな状態にならないとわからないなんて、本当に情けないのだけど」

眉をひそめて唇を噛みしめるひさを見ていると、今度こそ心を入れ替えたのかもしれないと千鶴は感じた。

「そう、でしたか」

しかしなんと答えたらいいのかわからない。今までの仕打ちを全部なかったことにしましょうと水に流せるほどの度量は千鶴にはない。折檻だけならまだしも、命を脅《おびや》かされて、白無垢へのあこがれも奪われ、「わかったからもういい」とは簡単に言えなかった。

「信一さん、一命をとりとめたの。意識が戻ったら急激に回復し始めて、今はもう自由に話せるわ。足にひどい骨折があるけど、歩けるくらいにはなるって」

これを機に、とみたち使用人にも優しくしてほしい。千鶴はそんなことを考えながら、相槌を打つ。

「千鶴が死神さまに、彼の命を救うようにお願いしてくれたのよね」

「信一さんの寿命が尽きるのが今ではなかっただけです。私はなにも……」

「ううん。ありがとう」

勘違いを否定したものの、ひさは千鶴が八雲に頼んだと思い込んでいるようだ。

「千鶴。三条の家に戻ってこない？」

どうして？

意外すぎる提案に千鶴の思考が固まった。

「実は千鶴に会ったと……生きていたと、父に話したの。でも、それは見間違いだと譲らなくて」

そう言うのも無理はない。嫁入りの日に死んだと信じているはずだからだ。

「だから、父も母も千鶴が亡くなったと思ってる。でも、千鶴は信一さんの命の恩人なの。ないがしろにしてはバチが当たる。私がもう一度説明をして、母も説得するから。二度と理不尽なことも言わない」

こんなひさとなら一緒に暮らしていけそうだと感じたものの、三条家に戻りたいかと問われるとためらいがある。

「私は、家族への仕送りをしていただけていればそれで十分です。仕送りは続いているんですよね？」

確認のしようがなく貞明を信じるしかない千鶴は、おそるおそる尋ねた。

「正岡家への仕送りは、父が毎月仏前に備えてから続けているわ」

千鶴は貞明が約束を守ってくれているのに安堵したとともに、自分を弔ってくれる気持ちがあったのはうれしかった。三条家を送り出されたときの、貞明の苦々しい顔が決して偽りではないとわかったからだ。

「千鶴、弟がいたわよね」

「はい」

「中学校の職業科に復学したと聞いたような」

「本当ですか？」

声が上ずる。弟の清吉は、父が失脚し爵位を失って、中学校を退学せざるを得なかったからだ。

「えぇ。手に職をお付けになるのねと思ったから、多分間違いない」

家族、特にまだ幼かった弟が特に気がかりだったので、千鶴の肩の荷が軽くなった。

「よかった。ありがとうございます」

自然とお礼の言葉が口から出ていた。ひさにはひどい仕打ちもされたけど、清吉のことに関しては三条家に頭が上がらない。

「私はなにもしてないから。それで、どうかしら。信じられないけど、今も死神さまと一緒にいるんでしょう？」

ひさは話を元に戻した。

たしかに、死神という得体のしれない存在と一緒にいるなんて、普通なら受け入れられない。人間にとって死神は死の象徴であって、その彼とともに生きていくなんて、千鶴だって八雲に会うまでは考えたこともなかった。

「そう、ですね。死神さまは、人間が思っているような存在ではないんです。死を招くなんて嘘。人の魂がきちんと流転して生まれ変われるように導いてくださっているだけ」

こんな話をしてもどこまで信じてもらえるかわからない。しかし、少しでも誤解を解きたくて続ける。

「だから、間違ったことをしなければ怖くもなんともない。先日、ひささんにお怒りになったのは、死神さまが人の魂を大切に思われているからこそなんです」

八雲は決して喜んで印をつけに行くわけではない。それどころか、どれだけ醜かろうが最期の叫びを受けとめて、黄泉へと送り出す。

心中の話のようにやるせない事例があろうともこの仕事に向き合うのは〝死神の矜持〟があるかららしいが、魂が悪霊となってさまよう姿に、八雲自身が耐えられないのではないかと推測している。なぜなら、それだけ彼が優しい心を持っているからだ。

「そう……。よくわからないけど、千鶴がこうして生きているのがその証拠なのかしら」

「そうです。死神さまは人間を殺めたいなど考えたこともないはず」

出会った日はすごんだが、あれも千鶴を人間の世界へ戻すためだった。

「でもやっぱり、死神さまとともに生活するなんておかしいわ。千鶴、戻ってきて。信一さんを助けてくれた千鶴をこのままにしておくなんてできない」

「ですから、彼を助けたのは私ではなくて……」

台帳の存在をひさに話すべきではないと思った千鶴は言葉を濁す。

「それに私、今の生活が気に入っているんです」

三条家にいた頃のようにこき使われずに済むというよりは、自分を必要としてくれる一之助がいて、八雲や浅彦が優しく包み込んでくれる。それに千鶴は魂を黄泉に導くという心情的にかなり過酷な仕事に携わるふたりを尊敬していて、自分もなにか役に立てないかと常々考えるようになっているのだ。

「まさか。だって、死神さまでしょう？　怖くはないの？」

八雲の優しさを知らないひさには、今の穏やかな生活をうまく伝えられそうにない。

しばらく考えあぐねた結果、一番単純でわかりやすい答えを口にする。

「私、大切な人がいるんです。自分の居場所をみつけたんです」

「えっ……」

絶句するひさだったが、千鶴が口の端を上げると「そう……」と納得したようだ。

「ひささん。信一さんとは……」

「大きなけがで後遺症を心配されたから、あの縁談は破棄されたみたい。だから私、お父さまに信一さんとの結婚をお願いしてみようと思ってる。多分反対されるけど、駆け落ちはしないで許されるまで何度でもお願いするつもり」

それを聞いた千鶴は安堵していた。ひさは温かい心を取り戻したと確信したからだ。

「そうですか。それがいいですね。私は私の場所で、必死に生きます。だからひささんも頑張ってください」

「千鶴。本当に戻らないの？」

ひさは心配そうに尋ねるが、笑顔でうなずく。

「はい、戻りません。ひささん、私が生きていることは、この先他言無用でお願いします。死神さまを崇め奉るのは構いませんが、余計な詮索をされて負担をかけたくないんです」

もし、自分の存在が広がり、ひさのように命乞いをする人々が続出したら、八雲は困るだろう。台帳に記された時刻は八雲にも変更できないのだし。そう考えた千鶴はお願いをした。

「……わかった。あなたがそう言うなら、今後はだれにも明かさないと約束する」

「ありがとうございます。それではそろそろ帰ります。信一さんの回復をお祈りしています」

千鶴はそう口にしながら、もう八雲の屋敷が自分の家なのだと認識した。

「うん。千鶴も幸せにね」

ひさが差し出した手をしっかり握る。

まさかひさと笑顔で話せる日が来るとは思わなかったが、すがすがしい気持ちで背を向けた。

彼女がした行為をすべて許せるわけではない。けれども、八雲のおかげで彼女は十分に反省している。そこに怒りの力を注ぎ続けて疲弊するより、前を向いて進みたいと千鶴は感じた。

社から離れ、ひさの足音も遠ざかっていくと、八雲が姿を現した。

「本当に帰らなくていいのか？」

「はい。……あっ、お屋敷にいるのはご迷惑ですか？」

八雲の意向を尋ねもせず勝手に屋敷に残ると決めたけど、もしや迷惑だった？

千鶴は焦った。

「なにを今さら」

八雲は肩を震わせ始める。

「しかし、帰る場所があるのなら人間界に帰ればいい。一之助のことを気にしているのだろうけど、お前がいなかった頃の生活に戻るだけだ」

八雲の言葉が冷たく感じられた千鶴は、眉尻を下げる。

一之助のことは心配でたまらない。できればこれからも母親代わりをしたい。けれども、千鶴が屋敷にとどまりたいのは、他にも理由があるのだ。

「一之助くんはもちろん大切です。あんな小さいのに必死に心を立て直している彼の支えになりたい。でも、私が大切に思うのは一之助くんだけではありません」

八雲の目をしっかりと見つめて漏らすと、彼は驚いたように瞠目《どうもく》する。

「私は人間ではないのだ。お前も私のしている行為を見ただろう？」

だから、なのに。死を招くと誤解されて心が傷つくのもいとわず、ただ魂が迷わないようにするために黙々と儀式を遂行する八雲を尊敬しているのに。

千鶴は心の中で叫んだ。

「はい。それでもそばにいたいと思うのはおかしいですか？」

千鶴は少し緊張しながら問うたが、八雲は返事をしなかった。

屋敷に戻ると庭先にいた浅彦がぐったりしている。

「どうしたんです？」

「千鶴さま、見てくださいよ……。八雲さまのせいです」

「あ……」

浅彦の視線の先の障子が、どこもかしこも破れている。八雲が『屋敷中の障子を貼り替えておけ』と口にしたのを、一之助は真に受けたのだろう。貼り替えるものは破ってもいいと千鶴に言われたので、意気揚々と指を突っ込んで回ったのだった。

「一之助、なかなかやるな」

「八雲さま、笑い事ではありません。一之助は破る専門で、貼る仕事はできないんです。誰がやるんですか、これ……」

「浅彦しかいないだろ。大掃除になるからちょうどいい。千鶴、お茶を淹れてくれ」

浅彦の悲嘆にまったく動じない八雲は、当然のように屋敷に入っていく。

「八雲さま、そこは優しいお言葉が欲しいのですが？」

「頑張れよ」

「そうではなくて！　一緒にやろうというお言葉は……」

浅彦の発言に無視を決め込んだ八雲は、涼しい顔をして玄関の戸を閉めた。

八雲にお茶を淹れたあとは、千鶴も着物の袖にたすき掛けをして障子貼りにいそしんだ。見事にすべての障子に穴を空けて回った一之助は疲れたらしく、満足そうな顔をしてうたた寝をしている。

「まったく。一之助を叱ることもできない」

ぶつくさ言いつつも手を動かす浅彦は働き者だ。

「ふふふ。一之助くん、ちゃんと言いつけを守ったんですもんね」

「本当ですよ。それで、ひささんはなんだったんですか？」

浅彦は大量の破れた障子を前に肩を落としつつ、気になって仕方ない様子だ。千鶴は神社であった話をかいつまんで聞かせた。

「……そうでしたか。ひささんが他人の痛みに気づいてくれたらいいですね」

「はい。生まれた瞬間から身の回りの世話を全部してもらい、わがままもすべて通り、それでいて華族令嬢と甘やかされては勘違いをするのでしょうか」

「って、千鶴さまも華族令嬢でいらっしゃったのですから、皆がそうではないでしょう。たまたまひささんがそうだっただけで」

こうして障子貼りをしていると、子爵令嬢としてもてはやされた過去など忘れ去りそうだ。しかし悪い意味ではなく、華族のお嬢さまとして注目を浴び、常にたおやかさを求められていた窮屈な生活より、千鶴はこうして額に汗しながら働いているほうが性に合っているらしく楽しくてたまらない。

「ひささん、以前とは目の輝きが違いました。看病でやつれてはいましたけど、やっと自分の歩く道を見つけたというような。恋をしたからでしょうか」

「恋、ですか……」

浅彦が糊《のり》を塗っていた手を止めチラリと千鶴に視線を送る。

「千鶴さまは、そういう方はいらっしゃらないんですか？」

「わ、私？　い、いませんよ」

唐突に振られた千鶴は、なぜか激しく動揺して声が上ずる。

「ですが、もう子爵家を背負う必要もなくなったわけですし、恋をするのも自由なのでは？　千鶴さまの白無垢姿、とてもおきれいでしたよ」

「あ、ありがとうございます」

自分の恋の話など初めてだった千鶴は、恥ずかしさのあまり頬を赤らめつつもお礼を口にして、障子を貼り始めた。

◇◇◇

なんとか暗くなる前にすべての障子を貼り替えた浅彦は、夕食後、千鶴が準備した風呂につかっていた。

この屋敷に来て八雲に仕えてから、もう何年たったのか忘れたほど長い時間が経過したが、千鶴が訪れてからは毎日笑っているような気がする。

八雲とふたりきりの頃は、夜間の儀式の時間以外はほとんど会話もなく、身の回りのお世話をしたり屋敷の掃除をしたりする以外は自室にこもっていた。部屋から出ようとしなかったのは、八雲も同じだ。

ひょんなことから八雲が一之助を育てると決めてからは、慣れるまではてんてこ舞い。ただし、やんちゃをして困るのではなく、心に傷を負った一之助が年相応の笑顔も見せず、かといって泣くようなこともなく、感情というものがすっかりかけた状態だったため、それを元に戻そうと躍起になった。

しかし、笑顔を見られないまま一年近くが経過してあきらめかけたとき、思いがけず千鶴が白無垢姿で現れてからは一転。頑なに笑わなかった一之助が、千鶴の背中を追いかけまわし、あっという間に白い歯を見せるようになった。

そしてそれは八雲も同じ。浅彦の前ではクスリとも笑わなかったが、千鶴が来てからの表情が豊かなのだ。

「帰れって……」

浅彦は肩まで湯につかりながら、千鶴から聞いた話を思い浮かべていた。

風呂を出たあと、着物を纏い帯を締める。今頃八雲は千鶴に髪を結い直してもらっているだろう。儀式にはこうして身を清めてから向かうのだ。

「浅彦さん」

千鶴が呼びに来たので障子を開けると、月明かりに照らされた千鶴の横顔があまりに美しくて見惚れそうになる。

「八雲さまの準備が整いました。本日はおひとりだけと伺いましたが」

「はい。いわゆる大往生とされる逝き方ですので、さほど時間はかからないかと」

とはいえ、八雲が対象者を前になにを話しだすか見当もつかないので、なんとも言えないところだ。

「はい。心ゆくままに」

真剣な表情の千鶴は、死神の背負っている仕事の重大さをよく理解しているのだなと浅彦は感心していた。

玄関まで見送りに出てきた千鶴が、膝をついて首を垂れる。

「行ってらっしゃいませ」

「あぁ。一之助を頼んだぞ」

「かしこまりました」

やはり八雲の表情は柔らかい。千鶴に出会うまでは、表情筋を失ったのではないかと疑うほど仮面をかぶったような顔をしているのがあたり前だったのに。

浅彦はふたりの様子を見ながらそんなことを考えていた。

その日の儀式は、予想通り特に混乱もなく終了した。しかしながら八雲はやはり単に印をつけるだけでは終わらず、七十二になる女の最期の声に耳を傾けた。

「孫娘が幼い頃の病気で、脚が悪くて。あの子のことが気がかりなんです。嫁のもらい手がなければ、路頭に迷うかもしれない」

自分の死が間近だというのに、孫の心配をするその女性は静かに涙を流した。

「脚が悪かろうが、その孫娘の心が清らかならばそれに気づく男は必ずいる。それに、嫁に行くだけが幸せとは限らぬぞ」

八雲は諭すように話した。

たしかに人間界では民法が制定されてのち、嫁の立場はかなり低くなった。夫が妻の財産の管理もするため妻は経済的自立が困難になったのだ。そのため女は、簡単に離縁を選べず、無償で働く奴隷のような存在として扱われる事例すらある。

その恨みを口にしながら黄泉に旅立つ女に何度印をつけたことか。

「あなたが思うより、孫はたくましく生きていくはずだ。孫の人生は孫のもの。どれだけ心配しようとも将来を切り開くのは本人だ。安心しなさい。これほど優しい祖母を持つ孫が、まっすぐに育たぬわけがない」

八雲が語りかけると女は納得したようにうなずき、穏やかに印を受け入れた。

「八雲さま」

「なんだ?」

浅彦は女の家を出て屋敷に戻る途中で八雲に話しかけた。

「将来を切り開くのは本人ですよね」

「あぁ。そう話したな」

「八雲さまもですか?」

浅彦の質問に、怪訝な顔をした八雲は足を止める。

「どういう意味だ?」

「千鶴さまに、『帰る場所があるのなら人間界に帰ればいい』とおっしゃったとか」

浅彦をチラリと視界に入れた八雲は、再び足を進めだした。

「それがどうした?」

「千鶴さまがいらっしゃらなくなったら、元の生活に戻るだけともお話しになったと聞きましたが、そうでしょうか?」

「遠回しになにを言いたいのだ」

八雲は少し怒り口調で問う。

「私はそうは思わないので。一之助や私はもちろん、八雲さまも千鶴さまが屋敷に来られる前の生活になんて戻れないと思いますよ」

「お前が飯を作ればいいだろう」

「そういう問題ではなく、心の問題です」

「だから、なにが言いたい」

八雲が珍しくイライラしているのが、浅彦はうれしかった。八雲の本当の胸の内がわかったからだ。

「千鶴さまを帰してしまわれても後悔しないのですか？」

「私たちは死神だ。この先も儀式を毎晩のようにせねばならん。千鶴は私たちのそばに置くには優しすぎるのだ。死神の心の痛みを自分の痛みのように感じているのだから、私たちの存在は迷惑この上ないだろう。お前もわかっているのではないか？」

これほど早口の八雲は初めてだった。まくし立てるように話す彼は、自分で自分を納得させようとしていると感じる。

「千鶴さまが心を痛めていらっしゃるのは存じております。ですが、迷惑だとおっしゃいましたか？」

再び八雲の足が止まる。月明かりに照らされた八雲の顔は、困惑と驚きが入り乱れていた。

「八雲さまは、自分の気持ちを押し殺しても千鶴さまにつらい思いをさせたくないほど大切に思われているのですね」

畳みかけると、八雲は黙り込む。

「千鶴さまが、八雲さまは不器用な方ですねといつも笑っていらっしゃいますが、私もそう思います。失礼ですが」

「うるさい」

八雲はそう吐き捨てたものの声に張りはなく、本気で怒っているようには見えなかった。

屋敷に戻ると、足音を聞きつけた千鶴がいつものように玄関に走り出てきた。

「おかえりなさいませ。お茶をお淹れしましょうか？」

「いや、いい。このような夜更けに茶はいらぬ。さっさと寝ろ」

八雲はぶっきらぼうに指示をして自室に向かう。そのうしろ姿を見ていた浅彦は、千鶴を一刻も早く眠らせたい一心なのだと気づき、やはり不器用な人だと頰を緩めた。

◇◇◇

八雲は部屋に戻り、千鶴が結った髪をほどいて組紐を見つめる。これは銀座にふたりで出向いたときに彼女が選んだものだ。一之助の誕生日を祝うために、あの界隈にくわしい千鶴を連れだったのだが、八雲にとって思いのほか楽しい時間だった。

八雲が人間界に向かうのは、基本的に深夜だけ。しかも儀式が終わればすぐに戻るのが常だ。だから買い物などまともに経験がなく、千鶴がこれがいい、いやあっちと迷う姿が新鮮で、あれほど心が躍るものだとは知らなかった。いや、もしかしたら満面の笑みを浮かべて迷っているのが千鶴だったからかもしれない。

浅彦に意味ありげな言葉を吐かれて、なぜか八雲は動揺していた。そして、千鶴との楽しい日々が頭の中を駆け巡る。

白無垢姿で突然姿を現した彼女が懐剣を差し出し、『これで私を守るものはなにもございません。八雲さま。私の命でご勘弁ください。どうか街の人々をお救いください』と凜々しい表情で言い放ったとき、八雲は彼女の強い覚悟を感じたのと同時に、震えながらもまっすぐに自分を見つめて目をそらさない姿が神々しいとすら思った。

一之助の母を見送りに向かったときは、千鶴は一之助の前では決して涙をこぼさず気丈に振る舞った。その後、泣き崩れるほどつらかったくせにだ。

これらが、千鶴が口にする〝華族の矜持〟なるものなのかもしれないと、八雲はふと考えていた。

「美しい……」

そしてその凜たる姿があまりに美しいのだ。

破顔して笑うさまも、一之助と一緒にまるで子供のようにはしゃぐ姿も、八雲を心配して眉間にしわを刻む姿もすべて千鶴の一部なのだが、どの姿も〝美しい〟のひと言で片づく。それはおそらく、千鶴の心が美しいからだ。

私は千鶴が愛おしいのだ。

八雲はひとつの考えに至った。

ありえないような出会いだった。千鶴が覚悟と自尊心を携えてここに来たのでなければ、もうとっくに追い出しているだろう。高潔な彼女の姿に、八雲はいつの間にか心奪われていた。

心を清く保ち、人々の役に立ち、その手本となるべし。

千鶴はひさにそう話したが、まさに彼女のことをいいあてた言葉だと感心する。

「しかし……」

自分は死神であって人間ではない。この先、もっと彼女を苦しめるかもしれない。

そもそも死神は忌み嫌われる存在だ。千鶴まで巻き込みたくはない。

八雲の心は激しく揺れ動いた。

いや待て。千鶴を遠ざけようとしたあのとき、彼女はなんと言った？

八雲は記憶をたどった。そして、『それでもそばにいたいと思うのはおかしいですか？』と口にしたのを思い出した。

「よいのか……」

本当にここにいても後悔しないのだろうか。

目が泳ぎ始め、たちまち落ち着きをなくす。

浅彦に『自分の気持ちを押し殺しても千鶴さまにつらい思いをさせたくないほど大切に思われているのですね』と問われたが、あのときとっさに言葉が出てこなかった。

なぜだ。

「その通り、なのか」

浅彦に指摘されるのが少々気に食わないが、言い得て妙だなと口の端を上げる。

八雲の足は千鶴の部屋に向かっていた。

今日は天気がよく雲がないせいか月がいっそう輝いて見える。周囲に散らばる星々は、今にも降ってきそうだ。

柄にもないな……。

廊下でふと足を止めてその美しさに見惚れた八雲は苦笑した。千鶴が現れるまで、麗しい夜空になど気づいた経験がなかったからだ。自分の変化に驚いていた。

やがて千鶴の部屋の前にたどり着いたが物音ひとつしない。それもそうだろう。自分が早く眠るように促したのだから。

私はなにをしているのだ……。

無性に千鶴の顔が見たくて足を運んだが、自身の冷静さを欠いた行動に少々あきれる。戻ろうとしたそのとき。

「八雲さま？」

部屋の中から千鶴の声が聞こえてきた。そして、足音が聞こえたと思ったら、すーっと障子が開き、月明かりが千鶴の頰を照らす。

「なぜ私だとわかった？」

とっさになにを口にするべきかわからず、適当な言葉を並べる。

「うつらうつらしていても、八雲さまの足音くらい聞き分けられます。それにほら、障子の影に、美しい御髪が映りますから」

千鶴は八雲の長い髪を見て微笑んだ。

死を覚悟した千鶴が最期に結いたいと懇願した髪は、毎日彼女がつげの櫛で丁寧に梳《と》かすからかいっそう艶やかになっている。

「お前は組紐を所望したとき、私という存在が生きていたと思い出してほしいと話したな」

「はい」

「私は組紐でこの髪を結われると、常に千鶴がそばにいる気がして落ち着くのだ」

「えっ……？」

八雲は、千鶴の細く白い首筋に、いや薄い桜色をした可憐《かれん》な口元に、唇を押しつけたい衝動に駆られる。

これが、愛というものなのか。

激しい感情に襲われた八雲の鼓動が速まっていく。

「いつも千鶴のことばかり考えてしまう」

「八雲さま?」

このような話を普段はしないからか、千鶴の目が真ん丸になっている。

「千鶴。私がずっとここにいてほしいと懇願したら、なんと答える?」

八雲は千鶴に真摯な眼差しを注いだ。

「それは……」

「私は死神だ。そばに置いたら、お前を苦しめるかもしれない。そう何度も自分を戒めても、気持ちが止まらないのだ。お前が、愛おしい」

千鶴の大きな瞳からはらはらと涙がこぼれ落ち始めたのに気づいた八雲は、ハッとして焦る。

「すまない。それほど嫌なのか。忘れて——」

「違います! 人間はうれしいときにも涙を流すものですよ?」

今度は八雲が目を丸くした。

「ずっとお慕いしておりました。白無垢を着て旦那さまに嫁ぎたいと話したとき、その相手が八雲さまだったらいいのにと密《ひそ》かに思っておりました」

「千鶴……」

今まで感じたことがない喜びの感情の波に呑み込まれた八雲は、千鶴の腕を引き寄せ胸に閉じ込めた。ほとんど衝動的だったその行動には、千鶴への愛が詰まっている。

「この先、残酷な仕事もせねばならん。私が心を痛めるたびに、お前も同じように苦しむかもしれない。ただ、私はお前を守る。心が砕けぬように全力で」

「砕けたりはしません。八雲さまのおそばを離れるほうがつらい」

千鶴の言葉を聞いた八雲は、抱き寄せる手に力をこめた。

「千鶴」

しばらくして千鶴を解放した八雲は、彼女の頬を両手で包み込みまっすぐな視線を向ける。千鶴の潤んだ瞳には、八雲がしっかりと映っていた。

「これが、愛というものだろうか。愛おしいのだ。愛おしくてたまらない」

切なげに言葉を紡いだ八雲は、千鶴の唇にそっと触れる。

「そうですよ。これが、愛です」

千鶴の返事になぜだかほっとした八雲は、優しく微笑む彼女に唇を重ねる。

やがて唇を離すと、真っ赤な顔をした千鶴はもう一度八雲の胸に飛び込んだ。

「千鶴。私の花嫁になってくれないか」

「……はい」

千鶴が求婚を承諾すれば、八雲は彼女を部屋に押し込み、ピシャリと障子を閉める。

月明かりが千鶴の白くみずみずしい首筋を浮かび上がらせる。それを目の当たりにした八雲は、狂おしいほど彼女を求める気持ちが高まり、冷静ではいられない。

「千鶴」

何度でも彼女の名を呼びたい。これが夢ではないと確認したい。

八雲は自分の気持ちをこれほどまでに制御できないのが初めてで、激しく戸惑っていた。と同時に、千鶴への愛を確信する。

「八雲、さま……」

自分の名の形を作る千鶴のぷっくりと膨らんだ艶やかな唇をゆっくり指でなぞる。

「千鶴」

絡まる視線がさらに八雲の感情を煽ってくる。愛おしいという感情が、これほどまでに胸を締めつけてくるものだと初めて知った。

「お前が、好きだ」

ゆっくり顔を近づけていくと、千鶴のまぶたが下りていった。

熱い唇と唇が重なり、八雲の心はたまらない幸福感で満たされる。

千鶴を褥《しとね》に押し倒し、わずかに赤く染まった頬にそっと触れると、彼女は泣きそうな、それでいて喜びがあふれたような表情で見つめ返してくる。

「愛して、いる」

「八雲、さま。私も……私もお慕いしております」

恥ずかしそうなはにかみも、自分の名を呼ぶ優しいその声音も、強い視線を送ってくる少し濡れた瞳も……千鶴のすべてが愛おしい。

人間嫌いだった八雲の心を溶かしたのは、人間の千鶴だった。

「もう離さぬから覚悟しろ」

再び千鶴の唇を奪った八雲は、彼女の首筋へとそれを滑らせた。

一糸纏わぬ姿で千鶴を貫いた八雲は、言い知れない喜びに満たされて彼女を強く抱きしめていた。

まさか、これほど夢中になるとは。

八雲は自分が意外だった。死神として印をつけに行けば、醜態を目撃すること数知れず。人の心の中の自分本位な汚れた感情を数多見てきたからか、どんどん心が凍りつき少しのことでは動じなくなっていた。

しかし千鶴に出会った瞬間から心の中になにか熱いものが沸き起こり、彼女から目が離せなくなった。懐剣をみずから差し出し、他人のために自分の死を乞う彼女の姿が、あまりに衝撃だったのだ。

「八雲さま」

八雲の腕の中でまどろむ千鶴は、頬を赤く染めながらも穏やかな表情で口を開いた。

「なんだ？」

「死神さまの寿命って……」

「死神に寿命はない。ずっとここにいる」

八雲が答えれば千鶴は満足そうにうなずき、八雲の広い胸に頬をつけて密着してくる。

「そうですか。それでは私が先に逝くのですね」

「そう、だな。そのときがいつなのか、知りたいか？」

ためらいがちに答えた八雲は、千鶴をそっと抱き寄せた。

「いえ。私は最期の瞬間まで全力で生きます。だから言わないでください」

「あぁ、わかった」

千鶴の潔さと強さに、胸が震えるほどだ。

「私の死期が近づいたら、八雲さまはどうされるのですか？」

「そのときは、私が責任をもってお前に印をつける。しかし、別れのためではない。黄泉に旅立ったお前の魂が、再びここに戻るための儀式だ」

その返答に驚いた様子の千鶴は、少し離れて真ん丸の目を八雲に向ける。

「八雲さまは、ずっと私を待っていてくださると？」

「当然だろう。私の花嫁になるというのは、そういうことだ」

八雲の自信満々な物言いに、千鶴は笑みを漏らした。

「今さら撤回はさせぬぞ」

「撤回などいたしません。私は何度でも八雲さまのもとに戻ってまいります」

千鶴の返事に満足した八雲は、彼女の頬をそっと撫で、そしてもう一度唇を重ねた。


その三日後。

「失礼いたします」

八雲が待ち構えている奥座敷の障子がすーっと開き、浅彦が姿を現した。

「千鶴さまの支度が整いました」

「あぁ」

続いて視界に飛び込んできたのは、ここを訪れた日に身に着けていたあの白無垢を再び纏った千鶴だ。今日は八雲も紋付き袴姿で彼女を迎える。

美しい……。

浅彦の手前、声に出しはしなかったが、八雲の目はうつむき上品な笑みを浮かべる千鶴にくぎ付けだった。

改めて婚儀をと求めたのは八雲のほう。千鶴のあこがれを叶えてやりたかったのだ。

「千鶴さまぁ！」

厳かな雰囲気を打破したのは、八雲たちが銀座で選んで購入してきた着物を浅彦に着せてもらった一之助だ。一之助はすさまじい勢いで千鶴に突進して抱きついた。

「千鶴さま、すごーくきれい。だーい好き」

「こら！」

八雲の台詞を完全に奪った一之助に焦る浅彦は、慌てて叱り引き離そうとするも離れない。

ふたりの婚姻を一番喜んだのは一之助だ。千鶴が永遠にそばにいるとわかった一之助は、興奮して寝つけなかったくらいなのだ。

「私も大好きよ、一之助くん」

千鶴の〝好き〟は私のものだ。

腰を折り一之助に笑顔を向ける千鶴に苦笑しつつも、一之助に全力で愛を注ぐようなところが彼女の魅力のひとつなのだろうと、八雲は改めて惚れ直した。

しかし、幼き一之助に嫉妬するほど千鶴を愛しているのだと自覚して、これが恋煩いなのかもしれないと自分がおかしくなる。

浅彦と一之助。たったふたりの前ではあるけれど、温かな祝福の中、契りの杯《さかずき》をかわす。

背筋を伸ばし、流れるようなたおやかな所作でお神酒を口にした千鶴を八雲は見つめる。すると、杯を置いた千鶴と視線が絡まり、この上ない幸福感がふたりを包んだ。

「千鶴」

「はい」

「幾久しくお前の愛を賜りたい」

「もちろんです」

照れくさそうに頬を緩めた千鶴が答えると、気を利かせただろう浅彦が一之助を連れてそっと座敷を出ていく。

「八雲さまも、ずっと私に愛をくださいますか？」

「当然だ。私はお前しか愛せぬのだから」

死神らしからぬ柔らかな笑みを浮かべた八雲は、千鶴を引き寄せ熱い口づけを落とした。

初めて愛を知った少々不器用な死神の初恋は、永遠に色あせることなくこの先ずっと続くだろう——。

本書のプロフィール

本書は書き下ろしです。

小学館文庫

死神《しにがみ》の初恋《はつこい》
犠牲《いけにえ》の花嫁《はなよめ》は愛《あい》を招《まね》く

著者　朝比奈希夜《あさひなきよ》

二〇二一年一月九日　初版第一刷発行
二〇二一年十二月十八日　第三刷発行

発行人　石川和男
発行所　株式会社 小学館
〒一〇一-八〇〇一
東京都千代田区一ツ橋二-三-一
電話　編集〇三-三二三〇-五六一六
販売〇三-五二八一-三五五五
印刷所――――凸版印刷株式会社

この文庫の詳しい内容はインターネットで24時間ご覧になれます。
小学館公式ホームページ　http://www.shogakukan.co.jp

ISBN978-4-09-406870-2

京都鴨川あやかし酒造

龍神さまの花嫁

朝比奈希夜

イラスト　神江ちず

旦那さまは龍神でした——
冷酷で無慈悲と噂の男・浅葱に
無理やり嫁がされた小夜子。
婚礼の晩、浅葱と契りの口づけを交わすと
“あやかし”が見えるようになり…!?

CHARABUN
キャラブン!
小学館文庫